남행열차

태학산문선
기획위원 : 정 민·안대회

지은이 이태준 李泰俊(1904 ~ ?)

강원도 철원군에서 태어나 망명길에 오른 아버지를 따라 블라디보스토크로 이주한 후 여러 곳을 전전하다 1921년 휘문고등보통학교에 입학하면서 습작활동을 시작했다. 1925년 일본에서 집필한 「오몽녀五夢女」가 『조선문단』에 발표되면서 등단하였고, 귀국 후 '개벽'사에 입사하여 잡지 『어린이』에 동화와 수필을 발표하고 조선중앙일보, 문장지 등에서 일했으며, 구인회를 결성해 한국문학을 주도했다. 1946년 월북했다.

저서로는 단편집 『달밤』 『가마귀』 『복덕방』 『돌다리』 『해방 전후』 등과 수필집 『무서록』, 문장론 『문장강화』가 있다.

태학산문선 302
남행열차

초판 제1쇄 발행 2001년 10월 16일 초판 제2쇄 발행 2006년 12월 11일
지은이 이태준
펴낸이 지현구 **펴낸곳** 태학사 **등록** 제406-2006-00008호
주소 경기도 파주시 교하읍 문발리 파주출판도시 498-8
전화 마케팅부 (031) 955-7580~2 편집부 (031) 955-7584~90 **전송** (031) 955-0910
홈페이지 www.태학사.com **전자우편** thaehak4@chol.com
인쇄 안문화사 **제본** 문원문화사

ⓒ 이태준, 2001
값 9,000원

ISBN 89-7626-709-5 04810   ISBN 89-7626-530-0 (세트)

남행열차

이태준 산문선

이태준 지음

태학사

태학산문선을 발간하며

현대의 인간은 물질의 풍요 속에서 오히려 극심한 정신의 황폐를 느낀다. 새 천년의 시작을 말하고는 있지만 미래에 대한 전망은 여전히 불투명하다. 심심찮게 들리는 인문정신의 위기론에서도 우리는 좌표 잃은 시대의 불안한 징표를 읽는다. 모든 것이 불확실하고 혼란스러운 현실이다. 지향해야 할 정신의 주소를 찾는 일이 그리 쉬워 보이지 않는다. 밀려드는 외국의 담론이 대안이될 것 같지도 않다. 그렇다고 그것을 대신할 우리 것을 찾아보기란 더욱 쉽지가 않다.

옛 사람들은 무슨 생각을 하며 살았을까? 그때 그들이 했던 고민은 지금 우리와 무관한 것일까? 혹 그들의 글쓰기에서 지금 우리의 문제에 접근하는 실마리를 열 수는 없을까? 좁은 시야에 갇히지 않고, 총체적 삶의 자세를 견지했던 옛 작가들의 글에는 타성에 젖고 지적 편식에 길들여진 우리의 일상을 따끔하게 일깨우는 청정한 울림이 있다. '태학산문선'은 그 맑은 울림에 귀를 기울이고자 한다.

세상은 변해도 삶의 본질은 조금도 변한 것이 없다. 그들이 일상에서 길어올린 삶의 의미들은 지금 우리에게도 여전히 뜻깊게 읽힌다. 몇백 년 또는 몇십 년 전 옛 사람의 글인데도 낯설지 않고 생경하지 않다. 이런 글들이 단지 한문이나 외국말, 또는 지금과는 다른 문체로 쓰여졌다는 이유 때문에 일반 독자들과 만날 수 없는 것은 참으로 안타까운 일이다. 좋은 글에는 향기가 있다. 좋은 글에는 글쓴이의 체취가 있다. 그 시대의 풍경이 배경에서 떠오른다. 글은 시간과 공간의 제약을 뛰어넘는다.

1930년대 중국에서는 임어당 등의 작가들이 明淸 시기 소품산문의 가치를 재발견하여 소품문학 운동을 전개한 바 있다. 낡은 옛것이 이러한 과정을 거쳐 다시 의미를 얻고 생생한 빛을 발하게 되었다. 이제 본 산문선은 까맣게 존재조차 잊혀졌던 옛 선인들의 글 위에 켜켜이 앉은 먼지를 털어내어 새롭게 선뵈려 한다. 진정한 의미의 '옛날'이란 언제나 살아 있는 '지금'일 뿐이다. 옛글과의 만남이 우리의 나태해진 정신과 무뎌진 감수성을 일깨우는 가슴 설레는 만남의 자리가 되었으면 한다.

정　민·안대회

차 례

• 일러두기

이태준의 수필집 『무서록』에는 서문이나 발문이 없을 뿐만 아니라, 체계적으로 엮어 출판되지도 않았지만, 여기에서는 이태준을 이해하는 데 도움이 되도록 하려고 아래와 같이 수록된 작품들을 5개 부문으로 나누었다.

1. 제1부 추억에서는 저자의 성장과정을 이해하는 데 도움이 되는 글들을 모았으며,

2. 제2부 자연에서는 그의 뛰어난 관찰력과 묘사를 보여주는 작품들을 수록하였고,

3. 제3부 삶과 사람 사는 도리에서는 인간관계에 대한 통찰력을 살필 수 있는 글들을,

4. 제4부 왜 글을 쓰는가에서는 왜 글을 쓰며, 남의 글을 어떻게 읽어야 하는가를 보여주는 글들을,

5. 제5부 동화에서는 어린이에 대한 생각을 볼 수 있는 글들을,

6. 제6부 기행문 기타에서는 해방 이후의 글들과 기행문을 통하여 그의 행적을 살필 수 있는 글들을 모아 수록하였다.

상고주의에서 국제주의로, 그 인간 옹호의 도정

김재용(원광대 한국어문학부 교수)

　시인 정지용이 산문집을 내면서 "나도 산문을 쓰면 쓴다―태준 만치 쓰면 쓴다"라고 한 데서 극명하게 드러나고 있는 것처럼 상허 이태준의 산문은 근대 이후 가장 모범적인 것으로 손꼽히면서 많은 문학인들이 이를 잣대로 삼았다. 이러한 인식은 비단 정지용에만 그치는 것이 아니고 다른 문학가들에게도 해당되는 일이었을 만큼 그의 산문 문장에 대한 평가는 확고부동하였다. 그럴 수밖에 없었던 것은 근대 이후 제대로 자리잡지 못하고 방황하던 산문 문장에 그가 틀을 부여했기 때문이다. 전근대 사회에서 지식교양인들은 한문 문장으로 산문을 썼기 때문에 주변화된 한글 산문 문장은 다듬어질 겨를이 거의 없었고, 따라서 근대 이후에 새로운 길을 마련하기 위하여 많은 문학인들이 앞다투어 뛰어들었는데 그 과정에서 이태준의 산문이 우뚝 서 있는 것이다.

근대 산문에 육체를 부여하였던 이태준의 문장을 형식적 측면에서만 접근해서는 제대로 읽을 수 없는 것은 인간의 삶에 대한 치열한 관찰과 생동하는 정신이 항상 그 글 배면에 놓여 있고 글의 생명은 바로 여기에서 나오는 것이기 때문이다. 비록 짧기는 하지만 글 속에는 생과 우주에 대한 자신의 독특한 성찰이 들어 있기 때문에 독자로 하여금 매번 깊은 감동에 젖게 만드는 것이다. 따라서 상허의 문장을 온전하게 읽기 위해서는 전생애에 걸쳐 그의 내면을 관통하고 있는 인간 옹호의 정신이 시대적 상황에 따라 어떻게 전개되고 있는가를 이해해야만 한다. 특히 조선적인 것과 동양적인 것을 옹호하던 초기에서 전인류가 차별 없이 살아가는 모습을 염원하던 후기에로 변모하는 사유의 과정을 이해하는 것은 필수적이다. 그의 이러한 지적 도정은 근대 자본주의 세계에 편입된 이후 한반도에 살고 있는 지식인의 고뇌가 깊이 배여 있으며 그것은 아직도 우리에게 큰 울림을 주고 있어 결코 과거의 것으로 돌릴 수 없는 성질의 것이다.

많은 사람들이 상허하면 상고적 취미를 떠올릴 만큼 이 방면에 대한 그의 취향과 안목은 대단한 수준의 것이었다. 그런데 중요한 것은 왜 여기에 집착했는가 하는 점인데 스러져 가는 것에 대한 낭만적 복고의 열정에서 비롯된 것으로 보는 것은 대단히 일면적이다. 서구의 것이 근대의 이름으로 모든 사물의 척도가 되는 식민지의 현실에서 과거의 것은 그것이 인간을 억압하는 것인가 아닌가에 관계없이 모두 버려져야 하는 운명에 처했던 시대적 현실을 고려할 때 비로소 그 핵심에 다가갈 수 있다. 서구중심주의의 폭력과 이를 아무런 생각 없이 앞장서서 받아들이는 사람들에 대한 저항이 상허에게는 사라져 가는 것에 대한 집착으로 이어졌던 것이다. 식민지 조선에서 서구의 근대가 빚어내는 이 살풍경을 예사롭게 보지 않았던 그가 사라져 가는 고귀한 가치들을 잡으려고 하였고 이는 아雅와 속俗의 긴장으로 드러났다.

서구 사람들은 방 속에서 미인의 나체를 그리고 있을 때 동양 사람은 정원에 나와 괴석을 사생하고 있지 않는가? 이런 취미는 미술에뿐이 아니다. 동양의 교양인들은 시詩, 서書, 화畫를 일원의 것으로 여겼다. 한 사람의 기술로서 이 세 가지를 다 가졌을 뿐 아니라 정신으로 괴석을 시, 서, 화에 다 신봉하였다. 나체를 생각하고 생활을 구상하는 것은, 즉 아雅가 아니요 속俗인 모든 것은 결코 예술일 수 없었다.

—「동방정취」 중에서

서구는 속이요 동양은 아라고 하면서 아가 속보다 한길 위라고 보았던 이태준으로서는 이 동양의 깊은 교양의 세계가 서구 근대의 위력에 밀려 사라지는 것을 결코 앉아서 볼 수만은 없었던 것이다. 그리하여 서구 근대가 들어오기 이전에 존재했던 조선의 세계에서 교양인의 마음을 사로잡았던 것들을 널리 소개하면서 계

상고주의에서 국제주의로, 그 인간 옹호의 도정

승하려고 했던 것이 사람들에게 상고적 취미로 인식되기도 하고 때로는 낭만적 복고주의자로까지 비쳐지기도 했던 것이다. 그는 낭만적 복고주의자도 단순한 동양주의자도 아니다. 서구 근대가 일상을 지배하고 나아가 우리의 모든 미의식을 지배하는 어처구니없는 폭력 앞에서 자기 방식으로 저항하려고 했던 것이다.

이 저항의 과정에서 그가 깨닫는 것은 서구와 동양의 이분법이 범하는 또 다른 인식론적 폭력의 위험이었다. 서구가 동양보다 앞선다는 제국주의적 이항대립도 문제지만 이것에 맞서 세운 도식인 동양이 서구보다 윗길이라는 인식 역시 서구를 타자화할 수 있는 위험에 노출되어 있기 때문에 자신의 입장을 수정하기 시작하였고 이 과정에서 얻어낸 것이 바로 통속성의 원리다.

통속성이란 곧 사회성이다. 결코 무시될 수 없는 개인과 개인 간의 각각도各角度로의 유기성을 의미하는 것이다. 통속성 없이 인류는 아무런 사회적 행동도 결성도 가질 수 없는 것이다. 소설뿐 아니라 통틀어 위대한 예술이란 위대한 통속성의 제약 밑에서만 가능한 자일 것이다. 이것을 생각지 않고 통속성을 떠나는 것만이 새로운 예술인 줄 여기는 전혀 객관성이 희박한 소설들이 더러 보이는 것은 딱한 현상의 하나다. 이런 이들로 말미암아 '통속성'이란 말은 '저급'이라는 말로 방하放下되려는 위기에 있음을 가끔 느끼는 것이다. 정말 작품에 있어 하대될 소위 통속성이란 공통만속共通萬俗하는 그 통속이 아니라 작가가 대상을 영혼으로 통제하지 못하고 흥미만으로 농하는 데서 생기는 불진실미 그것인 것이다. 연애가 나온다고 통속이라 하면 인식 부족이다. 나체보다 더한 것이 나오더라도 작자가 열변의 태도면 그만이다. 아무리 성현열사만을 취급하였더라도 작자가 좌담식 농변의 태도라면 그건 소위 농속 즉 '불진실'이다.

—「통속성이라는 것」중에서

나체를 그리든 성현열사를 취급하든 중요한 것은 작가의 영혼에 의해 뒷받침된 진실의 문제다. 이러한 견해는 그 동안 자신을 사로잡았던 아와 속의 이분법에서 벗어난 것으로 이는 서구와 동양의 이분법의 해체로 이어졌다. 대다수 사람들의 마음을 사로잡는 그러한 문학만이 진실에 입각한 문학이며 이것이 바로 가치의 척도가 되는 것이고 그는 이를 가리켜 통속성이라 하였다. 개인과 개인이 서로 엮어내는 사회의 해방을 전제한 이러한 통속성의 진실은 근대의 불균등한 발전을 도외시한 서구 중심주의의 변형으로서의 보편주의와는 거리가 먼 것이다.

이러한 성찰에 설 수 있었기 때문에 그는 자신이 해오던 소설에 대해서도 이제 자괴감을 느끼지 않고 당당할 수 있었다. 이태준은 그 동안 서구 중심주의를 비판하면서도 서구의 산물인 소설을 쓴다고 하는 것에 대해 항상 괴리를 느껴왔다. 그렇기 때문에 한때는 서구의 소설 양식과는 다른 것을 추구하려고 하였고 일본

상고주의에서 국제주의로, 그 인간 옹호의 도정

의 사소설을 이러한 노력의 산물로 이해한 적도 있었다. 그런데 이제 서양과 동양의 이분법을 떠나 소설을 새롭게 이해할 수 있기에 다음의 발언이 가능해지는 것이다.

문학의 왕좌를 점령해 놓은 서양 소설의 덕이 아니었던들, 오늘 동양에서 특히 조선 같은 데서 소위 도청도설道聽塗說 더불어 떳떳이 그 천직을 삼으려는 자 과연 몇 명이나 되었을꼬 나는 이 '도청도설' 혹은 '가담항설街談巷說'이란 말에 몹시 불쾌를 느꼈었다. 소설이라고 반드시 먼지가 일고, 가래침이 튀고, 비린내가 나고, 비명이 일어나야만 한다는 조건은 어데 있는가? 될 수 있는 대로 먼지를 피하고 가래침을 안 보고 비린내를 안 맡고 비명을 안 들으며 써보려 하였다. 이것은 틀림없이 그 소설 천시에 대한 반감에서 일어난 나의 '소설'에의 약간의 인식 부족이었다. 소설을 가리켜 '가담항설'이라 '도청도설'이라 했음은 멀리 창창한 한서의 고전이거니와 그때 이미 얼마나 정시正視한 소설관인가! 소설은 진화까지는 하지 않는다. 한서가 해놓은 정의를 오늘 소설이 꼼짝 벗지 못하는 것이다.

—「소설」 중에서

이분법에서 벗어나 서양과 동양을 보게 보니 동양의 것 중에서 새롭게 인식하게 되는 것이 생기게 되고 그 중의 하나가 바로 소설에 대한 한서의 정의이다. 한서에서 소설을 가리켜 가담항어니 도청도설이라고 하는 것이 그 동안 이태준에게는 반감만을 안겨주었지만 동양을 더 이상 아로만 보지 않게 되자 새롭게 인식될 수 있었던 것이다. 이제 소설의 언어를 민중의 속어에서 찾을 수 있었다.

자민족중심주의와 동양주의에서 벗어나 있던 이태준에게 해방은 하나의 가능성이었다. 민족의 자율성을 지키면서 모든 민족이 공존할 수 있는 세계를 염두에 두었기 때문에 한반도를 둘러싼 국제적 현실에 대해 냉정하게 접근할 것을 주문하였다. 국민국가의 틀 속에서 벗어나려고 하는 노력을 하지 않는 한 개별 민족을 넘어선 인류의 평화란 것은 기대하기 어렵기 때문에 민족의 자율성은 지키되 배외주의에서 벗어나는 새로운 세계를 염원하였는데 소련 여행은 중요한 계기였다.

소련을 여행하면서 본 것 중에서 가장 인상적이었던 것은 여러 민족들이 조화롭게 살아가고 있는 풍경과 또한 자신과 그들이 어떤 제약 없이 서로 소통하고 존중하면서 살아갈 수 있는 가능성의 발견이었다. 그는 이미 서양과 동양의 대립을 넘어서 있었지만 막상 소련에서 피부가 다르고 언어가 다르고 문화가 다른 그러한 서양인을 실제로 만나 이야기를 나누고 그들의 생활을 관찰하면서 소통을 했을 때 그는 비로소 국제주의를 확신할 수 있었던 것이다. 그가 얼마나 이 문제에 큰 관심을 가졌는가 하는 것은 소련에서 겪은 다음의 일화를 보면 쉽게 알 수 있다.

상고주의에서 국제주의로, 그 인간 옹호의 도정

우리는 이 환락경을 얼마 걷다가 아이스크림을 먹으려 어느 기니네 나무 그늘로 갔다. 가보니 웬 동양청년 하나가 아이스크림 판 돈을 테이블 위에 쏟아놓고 지전은 지전대로 각전은 각전대로 같이 가려주고 있었다. 자세히 보니 우리 일행의 청년이었다. 웬일인가 물은즉 자기도 아이스크림을 먹으려 오니까 손짓으로 다 팔고 없다고 하면서 종이 상자에 수북한 돈을 쏟으며 이것이나 좀 같이 가려달라는 형용이기에 그러마 하고 같이 가리는 중이라 하였다. 나는 여기서 깊은 인상을 받았다. 얼굴 생긴 것이 다르고 말도 못 통하고 어디서 온 어떤 사람인지도 모르면서 같은 사람이란 한가지로 이웃사람 믿듯 하는 이 신뢰감, 더구나 전쟁 직후 세계는 살벌한 배타사상의 암운이 그저 저회하고 있는 때 이 인류의 가장 숭고한 감정이 한낱 아이스크림 파는 처녀들에게 어떻게 생겨난 것일까? 나는 소련에서 본 여러 가지 고귀한 것 중에 가장 고귀한 것으로 깊은 인상을 받았다.

—「스흠의 달밤」 중에서

그가 이 소련의 처녀로부터 받은 감동은 바로 배외주의로부터의 자유로움이다. 동양 청년과 서양 처녀 사이의 이 신뢰야말로 자민족중심주의와 배외주의로부터 자유롭지 않다면 불가능한 것이다. 이태준은 바로 이러한 장면에서 그토록 자신이 소망하였던 국제주의의 희망을 읽었다. 동양과 서양의 이분법에서 벗어나 이를 극복한 새로운 보편성을 머리 속에서 그려보았던 그가 막상 이 소련의 여행에서 서양과 동양의 차이가 아무것도 아니고 같은 사람이라는 하나의 이유만으로 서로 믿고 정을 나누는 태도에서 받은 흥분은 충분히 짐작할 수 있다. 그 자신이 소련에서 얻은 것 중에서 가장 고귀한 것이라고 말한 것을 보더라도 이 일화가 그에게 큰 충격을 주었는가를 알 수 있으며 소련 여행의 핵심이 어디에 있었는가를 알 수 있다.

서구 근대의 물결 속에서 모든 것이 서구의 잣대로 재단되는 폭력에 맞서 동양의 교양을 지키면서 인간다움을 지키려고 노력하였던 이태준이 서양과 동양의 이분법을 뛰어 넘어 이렇게 국제주의로 나아가 피부와 언어의 차이에도 불구하고 모두가 평등하게 살 수 있는 그러한 유토피아를 꿈꾸었던 것은 아직 지구상에서 실현되지 못하고 있다. 국제주의로 위장된 슬라브 민족주의의 소련의 모습을 이후 이태준이 보았는가 보지 못했는가 하는 점을 따지는 것은 그렇게 중요하지 않다. 우리에게 소중한 것은 상고적 취향을 가졌던 이태준이 어떤 과정을 거쳐 이렇게 국제주의자가 되었는가 하는 것이며 또한 이러한 자세와 세계관이 21세기를 살아가야 할 우리들에게 있어 가장 중요한 덕목이라는 사실이다.

일제하에서 작가 스스로 묶은 『무서록』에 수록된 산문으로부터 월북 후 발표한 산문에 이르기까지 그의 전생애에 걸쳐 발표된 글들을 주제별로 편한 이 책에서 시간의 검증을 거친 글만이 줄 수 있는 독특한 감동을 맛볼 수 있을 것이다.

상고주의에서 국제주의로, 그 인간 옹호의 도정

제1부

추억

중학시대[*]

추억이라 써놓고 보니 글 제목이 너무도 '델리킷'하게 되었다.
아무튼 지나간 날들이요 만화적이나마 잊혀지지 않는 그리운
날들이다.

그때, 아침 아홉시에 계동 막바지 중앙학교로 입학시험 보러
갈 친구가 전날 밤 활동사진 구경으로 여덟 시 반까지 자고 나서
그래도 밥 한 그릇 다 부시고 나서야 가깝지도 않은 다옥정茶屋町
을 나서니 일은 벌써 어그러진 지 오래다.

그래도 전장에 나가는 창끝처럼 서슬이 퍼런 연필 몇 개에 자

---

[*] 원래의 제목은 「추억」이나, 원고 청탁 때 받은 제목이고, 작가는 '중학
시대'라는 소제목을 달고 그 추억을 적은 것 같아 「중학시대」로 고쳐
달았다.

신이라곤 짓는 '고무' 한 개로 부랴부랴 재동 네거리에 올라섰다.

그러나 동일 동시에 시작하는 휘문徽文에서 벌써 난타하는 종소리가 울려나왔다. 예라 중앙中央은 벌써 틀렸다. 늦잠을 원망할 것 없이 휘문으로 가버리고 말자.

한날 한시각인 중앙, 휘문 두 곳에 다같이 원서를 제출했던 것을 보면 딴은 '농기'에게는 '농기'다운 처세술이 따로 있었던 것인가 한다.

이러고 보니 내가 휘문에 들어갈 그날 일수라는 것보다 휘문이 중앙에서 가져가려는 장래 말썽꾸러기 하나를 싫어도 가로채지 않으면 안될 그때 휘문교와 나의 무슨 인연이었던지도 모른다.

과연 말썽꾸러기였었다.

월사금 체납자 게시판 위에서는 1, 2번을 다투는 호성적이었고, 수학시간이면 소설책 몰래 보기, 틈틈이 못난 선생 만화 그리기, 난 체하는 선생이면 사발통문 돌리기, 점심시간이면 월장하여 나가 호떡 속식경기速食競技, 체조시간에는 상습 조퇴 등…….

미운 선생-수학선생·물리화학선생, 좋은 선생-작문선생·도화선생, 이런 규칙 저런 명령이 비위도 많이 상했지마는 한 해 두 해 지나가는 동안 그래도 미운 정 고운 정 깊이 들어갈 뿐이었다.

그때 총장선생님의 연애란계엄령戀愛亂戒嚴令이 공포되었음에도 불구하고 그래도 그 코린내 나는 병정 구두는 월하사장月下沙場에서 사뿐사뿐 굽 높은 구두와 발자취를 가지런히 해본 적도 한 두 번은 아니다.

학교는 나를 입학시킨 이후로 나날이 흥왕하였다. 그 청요릿집 같은 삼일재三一齋가 없어진 대신에―건축에 조금이라도 안식자眼識者가 본다면 오히려 동양풍이라고 웃겠지마는―소위 양관 3층 호까지 있어 왈 희중당希重堂이 불재에 흘립屹立하게 되었고 학생이 1천여 명, 새 운동장이 3천여 평, 운동부에 들어서면 우승기가 임립林立하였었고, 학예부에 들어서면 신간서적이 산적하였었다.

재단법인 휘문의숙徽文義塾이란 문패도 새로 생겼고, 사립휘문고등보통학교가 그냥 휘문고등보통학교로 실성失姓한 것이라든지, 선생님네 부업으로 휘문강습소라는 상업 문패도 한동안 행세한 것이 그때였었다.

지금도 휘문시대를 생각할 때 이가 떨리는 원수가 한 놈 있다. 그것은 수학이다.

그러나 그 원수로 말미암아 통쾌한 삽화도 하나 있었다.

그것은 수학시간이면 소설시간으로 대용하던 나는 수학시험 때마다 앞에 앉은 친구의 호의로, 장부답지는 못했지만, 고양이의 밥을 훔쳐먹는 쥐 모양으로 힐금힐금 곁눈질을 하며 '컨닝'질하는 것이었었다.

그러다가 4학년으로 진급시험 때는 '컨닝'할 정도도 되지 못하여 앞에 앉은 친구의 호의도 그만 수포로 돌아가고 말게 되었다.

그러나 놀라지 말라. 5, 60명 학생 중 제일 먼저 답안지를 놓고 일어서는 재동은 나 자신이었으니 엄숙한 시험장에서도 인기의 초점이 되고 말았었다.

그 실인즉슨 나는 시험용지를 편지지 삼아 "오─자비하신 수학 선생님이시여" 하고 한 장 상소를 썼던 것이다.

"선생님! 그래 대수 한 가지 때문에 낙제를 한다! 생각해 보십시오. 좀 억울합니까? 이런 체면 손상이 어데 있겠습니까. 선생님 한번 바꾸어 생각해 보십시오. 오─자비하신 선생님, 이번 한 번만 슬쩍 돌려 주시면……."

땀을 흘리고 써드린 친구들의 답안은 도리어 낙제휴지가 되었어도 나의 그 엉터리 편지는 점잖은 대접을 받았던 것이다.

사실상 한 과정의 약간 불급으로 전문학교가 아닌 이상 그 청년의 장래에 치명될 처단이 있어서는 계몽의 본의가 아니리라고 생각한다.

그러므로 나는 '가다가끼'(직함, 지위)가 훌륭한 선생보다도 유덕한 선생을, 냉정하고 경우 밝은 선생보다도 정답고 실없는 선생을 더 존경하여 왔던 것이다.

지금도 물론 그러하다. 친구간에도.

불손한 자식이라고 내쫓은 모교이언만 늦잠이 맺어준 인연이라 오래간만에 찾아가보기는 재작년 여름이었었다.

우리가 체조시간마다 흙짐 지던 새 운동장 언덕 위에는 총장선생의 동상이 불볕에 양산도 없이 서 있었고, '아카시아' 그늘 밑에서 응원가 연습하던 뒷마당에는 새로 짓는 강당 역사가 한참이었었다.

배가 만삭 되신 서상만徐相蠻 선생은 대한시대에 미국 유학가서 쓰던 맥고모자를 그저 쓰고 계셨고, 이일李一 선생의 수염 나지 않은 것도 그와 대조되어 고색이 의연하였었다. '뚝배기' 장수같은 이상준李尙俊 선생은 그 더운 날에도 설렁탕 뚝배기를 들고 계셨고, 바둑판 같은 김도태金道泰 선생과 바둑돌 같은 이치규李治奎 선생은 숙직실에서 밀회하여 바둑싸움이 한창이었었다.

생각하면 아름다운 주무綢繆는 맺지 못하였다 할지라도 휘문시대는 나의 과거에 있어서 잊을 수 없는 황금시대였었다.

휘문도 비록 수난은 많았다 할지라도 우리 있던 그때가 가장 찬란한 역사歷史를 지은 황금시대가 아니었던가 생각한다.

도보 삼천리

나에게 하기휴가가 있다면! 벌써 나에겐 휴가가 없다는 말입니다그려 여러분? 나도 작년 여름까지는 여러분과 같은 하기휴가를 가졌던 사람입니다. 하기휴가란 것이 학생시대에 있어 얼마나 즐거운 때라는 것을 하기휴가를 다 놓쳐 보낸 오늘에 있어 절실 절실히 느끼게 되니, 아무리 이를 악물고 느낀들 그게 무슨 소용 있는 일이겠습니까. 그러니까 이제는 이와 같은 공상이나 지어봅니다. 만일 나에게 하기휴가가 있다면!

나는 시골 갈 여비로 경성역에 가 차표를 사는 대신에 종로에서 양산으로 겸용할 검은 우산 하나를 사겠습니다. 그리고 보지도 못할 어려운 외국 서적을 모양으로 사 드는 대신에 읽기 쉽고 재미있고 값도 싼 우리 잡지를 한 책 사고, 정밀한 조선지도 한 장과 일기 쓸 공책 하나와 소화제로 약간 약품을 준비하겠습니다. 그리고 이 간단한 행구行具를 배낭 속에 넣어 등에 지고 양산을 받고 동소문 밖을 나서겠습니다. 옥수玉水가 굽이치는 비탈길을 걸으며, 구름 자는 영嶺도 넘어, 녹수청산綠水靑山의 관북 일대를 답사하겠습니다. 바위 밑에서 소낙비도 근거보고, 밭고랑에 풀을 깔고 누워 하늘의 초롱별들과 동화 같은 꿈도 꾸어보겠습니다. 정자나무 밑에서 농군들의 점심도 얻어먹어 보고, 산골 큰애기가 고개 돌리며 떠주는 바가지 물도 마셔 보겠습니다. 그러다가 우리 학교 학생을 만나면 그곳에서 강변 천렵도 차려 먹고, 밤중에 배고프면 흔해 빠진 참외밭에 가 주인 모르는 신세도 지며, 백 리도 내 다리로 천 리도 내 힘으로 걸어 영嶺 많은 관북 일대부터 한여름에 정복해 놓겠습니다. 그리고 내년 여름에는 영남호서嶺南湖西를, 후년 여름에는 관서 일대를 차근차근 내 발자국으로 정복하겠습니다.

나는 열다섯 살 때 여름에 안동현安東縣에서부터 문자대로 무일문無一文으로 백마白馬, 남시南市, 선천宣天, 정주定洲, 오산五山, 영미嶺美, 안주安州, 숙천瀟川, 순천順川까지 걸어오다가 발목을 상하여 그만둔 일이 있습니다. 그때 풀밭에서, 강변에서, 또는 대장간에서 자던 일이며, 날옥수수 선 참외로 배를 채우고, 길가는 영감님과 집 지키는 할머니 혹은 큰애기와 이야기해 보던 것은 지금도 잊혀지지 않는 아름다운 추억들이요, 여러 가지 지식으로 남아 있는 것입니다. 나는 그 후에 차를 타고 삼방三房이나 원산 같은 곳을 여행해 보았고, 일본에 '가마쿠라' 같은 곳에도 가 보았으나 무전無錢으로 관서를 도보하던 그때와 같이 유쾌한 여행, 잊혀지지 않는 여행, 얻는 것이 많은 여행은 다시 없는 줄 생각합니다.

옛날의 고산자古山子는 신작로 하나 없는 때에도 손수 지도를 그리며 북으로 백두산 꼭대기까지, 남으로 한라산 꼭대기까지 1회 2회도 아니요 13회나 동동촌촌洞洞村村은 물론이요 산산곡곡山山 谷谷까지 답사하지 않았습니까.

좋은 신작로에서 좋은 지도를 들고 조그만 반도산천半島山川을 3년에 일주一週하기야 얼마나 쉬운 일이겠습니까. 나에게 만일 하기휴가가 있다면 보행 3천 리를 어서 나서겠습니다.

나의 고아시대

　엿장수의 엿가새처럼 크고 투박스런 내 두 손을 내려다볼 때마다 나는 눈물겨워한다. 더구나 남들이 "무슨 손이 그리 커?", "무슨 손이 그리 험해!" 하고 숭을 볼 때마다 나는 더욱 눈물겹다.

　내 손은 아직 뼈마디도 굳기 전부터 내 한몸을 먹여살리느라고 얼마나 힘에 부치는 일을 하여 왔는가. 어미 없고 아비 없는 몸뚱이! 이가 끓어도 내 손이 잡아 주었고, 배가 고파도 내 손이 둥거지(등걸)를 패고, 눈을 쓸고, 요강을 부시면서 내 목구멍에 밥을 얻어 넣어 주었다. 남들은 크고 험한 손이라고 숭을 보지만 얼마나 고마운 내 손이랴.

　나는 내 손을 볼 때마다 외롭던 소년시대가 생각나곤 한다.

큰 구두

어렸을 때 체면 문제란 그리 대수로운 것은 아니었다. 다른 아이들이 새옷 입을 때 새옷이나 입으면 그만이요, 다른 아이들이 사탕을 사먹을 때 저도 한 개 사먹으면 그만일 것이나, 철 찾아 옷을 갈아주는 이가 없고, 잔돈푼이라도 조를 사람이 없는 아이에게는 게서 더 큰 민망한 경우는 없었다. 그러기 때문에 무엇보다도 걱정되는 것은 명일이 오는 것이었다. 다른 때는 다른 아이들 축에 끼어서 눌리는 데 없이 놀다가도 명일날이면 그렇지 못하였다. 옷 입은 것이 남에게 쌔이지 못하니까 어슬어슬 아이들을 피해 그늘로 숨어 다니는 수밖에 없었던 것이다.

명일날이 될 때마다 더운 때면 산기슭에서, 추운 때면 남의 집 빈 사랑에 들어가서 혼자 놀고 해를 보내는 그 쓸쓸한 모양! 그것은 나의 손이나 보았고, 시집간 누이나 틈이 있으면 생각해 주었을 것이다.

한번은 요즘처럼 구력정초舊曆正初였었다. 설도 지난 때에 어느 일가 어른이 구두 한 켤레를 주었다.

그것은 내 발에는 굉장히 큰 구두였다. 나를 위해 사온 것이 아니요 다른 사람을 위해 사왔다가 그 사람이 죽으니까 나를 신으라고 준 것이다.

나는 뚫어진 옷에 어울리지도 않는 크고 삐적삐적하는 구두를 끌고 다녔다. 어떤 아이들은 그래도 구두라고 부러워도 하였지만 넉넉한 집 아이들은 오히려 숭을 보았다. 내 자존심에도 차라리 발에 맞는 미투리만 못하였다. 그나마 얼마 안 신다가 발 큰 사람이 그것을 팔라 하여 4원을 받고 팔았다. 그 돈으로 정처없이 고향을 떠났던 것이다.

나무 도적

안협安峽 모시울이라는 산골에 가 있던 열한 살 때다.

지게도 없는데 나무를 해오라고 하였다. 잎나무 같으면 묶어서 지고도 오겠지만 둥거지는 그렇지도 못하였다. 나는 아침마다 도끼만 들고 산으로 올라갔다. 종일 팬 것을 한군데다 모아 놓고는 다른 아이들이 나무를 해오고 저녁을 먹을 때 그들의 지게를 빌려 가지고 다시 산에 올라간다. 그러면 어떤 때는 날이 저물어 배가 고픈 것보다 무서워 떨리던 것이 지금도 생각난다.

그런데 하루는 지게를 얻어 가지고 올라가 보니 종일 패 놓은 둥거지가 하나도 없이 없어졌다. 나는 빈 지게를 지고 내려왔다. 나무를 잃어 버린 그것보다도 나무 안 하고 어디 가서 놀다 왔다는 말이 분하였었다.

죄송한 것

나는 그 후 원산으로 갔다가 밥값에 붙잡혀 그 객줏집 사환이 되고 말았었다.

객줏집 사환, 더구나 항구에서는, 힘드는 일이었었다. 밤중에라도 뱃소리(기적汽笛)만 나면 비가 오든 눈보라가 치든 부두로 달려가야 한다. 그래서 객을 데리고 오고, 밥을 짓고, 상을 놓고, 요강과 타구를 부셔야 한다. 차가 올 때마다 정거장에 나갔다 와서 그렇게 하는 것도 물론이다.

그러나 어진 주인은 반 년 후부터는 진일을 시키지 않았다. 그리고 돈심부름도 시키고 쉬운 치부 같은 것은 서사書史와 분담시키어 나를 시키었다. 아들이 어린 주인은 나를 아들처럼 집안일도 맡기는 한편 차츰 자기 집안 식구들과 정이 들게 하고 나중에는 사위를 삼을 눈치도 뵈었다. 또는 객주라도 그냥 여관이 아니요 물산객주物産客主였기 때문에 본업은 해산물 무역상이어서 나에게도 그 일에 흥미를 가지도록 지도하였다. 그러나 나는 주인집 딸에게도 흥미가 없었고 상업에도 그러하였다. 나는 몇 번이나 서울로 공부 올 뜻을 주인에게 보였으나 주인은 반은 강제로 나를 놓아 보내려 하지 않았다. 나는 할 수 없이 주인이 다른 지방에 간 새 서사의 양해를 얻고 내가 찾을 돈을 한목 찾아 가지고 서울로 온 것이다.

주인은 돌아와서 내가 없어진 것을 보고 대단히 섭섭해 했을 것이다. 그 후 나는 휘문徽文에 다닐 때 한 번 원산에 가 보았으나 그 주인집은 원산을 떠나고 없었다.

나를 귀애하는 이를 없는 새를 타서 떠나온 것은 퍽 죄송스럽다.

또 한 가지 있다.

열다섯 살 때 상하이로 갈 생각으로 안동현까지 갔다가 더 전진하지 못하고 돌쳐서 오던 길이다. 두 동무와 함께 삼복지경에 끝없는 길을 굶으며 걸을 때다. 평남 숙천을 지나 순천으로 가던 도중 인가 있는 데를 지나려니까 고픈 배가 더 죄여들었다. 한집에 들어서서 먹을 것을 청하니 노파 한 분이 나와서 우리의 정경을 보고 들어오라 하였다. 그리고 주먹만한 범벅떡 세 개를 들고 나와 한 개씩 주었다.

집안 사람들은 밭에 나가고 없을뿐더러 어미 없는 손자를 두고 먹이노라고 해둔 떡인데 얼마 남지 않아서 더는 못 주겠다 하였다.

우리는 미칠 듯하였다. 여러 날 만에 화식火食을 맛본 우리의 식욕은 핏내를 맡은 짐승처럼 흥분하였다. 그때 우리 일행에는 조선 안에서는 쓰지 못하기 때문에 아직껏 지니고 있는 청국 동전 다섯 닢이 있었다. 우리는 그것을 내여들고 "당신 손주는 이 돈으로 엿을 사주라" 하고 나머지 떡을 모두 훑어먹고 떠난 것이다.

    그 돈이 못쓰는 돈인 것을 알 때 얼마나 우리를 괘씸히 여겼으
랴.

용담 이야기

내 고향 용담龍潭은 산 많은 강원도에 있다. 철원땅이지만 세상에 알려진 금강산 전철과는 아무런 상관없이 고요히 정거장도 없는 경원선 한 모퉁이에 산을 지고, 산을 바라보고, 그리고 사라지는 연기만 남기고 지나다니는 기차들이나 물끄러미 바라보고 앉았는 조그만 산촌이다.

서울서 차를 타고 나면 세 시간이 다 못되어 이 동네 앞을 지난다. 차가 지날 때마다 채마밭머리에서 장독대에서 사람들이 내어다본다. "내다 오오" 하고 소리는 못 질러도 수건을 내어 흔들며 모두 알아보고 형님뻘 되는 사람, 동생뻘 되는 사람들, 흔히 십 리나 되는 정거장 길에 마중나온다.

용담은 아름다운 촌이다. 금강산과는 먼 곳이지만 그와 한 계통인 듯하게 수려한 산수는 처처에 승경勝景을 이루어 있다. 뒤에는 나지막한 두매봉 재가 조석으로 오르기 좋은 조그만 잔디밭 길

을 가지고 있으며, 앞에는 언제든지 구름을 인 금학산金鶴山이 창
공에 우뚝하니 솟아 있다. 손을 씻으려면 윗골과 백학골에서 흘러
나오는 옥수천玉水川이 있고 수욕水浴이나 천렵이나 낚시질이 하
고 싶으면 선비소, 한내다리, 쇠치망, 진소, 칠송정七松亭 모두 일
취일경一趣一景이 있는 곳이다.

　나는 여름마다 용담에 간다. 용담 가면 흔히 한내다리 아래에
가서 긴 여름날을 지운다. 딸기를 따먹고, 참외를 사 먹고, 낚시질
을 하고 하늘에 뜬 청산靑山을 바라보며 다시 물 속에 잠긴 청산
위를 헤엄치며 뻐꾸기 소리, 매미·쓰르라미 소리를 들으며 나도
콧소리로 「학도야」를 부르며……. 그리고 이따금 우르르하고 기
차가 도시 풍경을 가득가득 담은 차창들을 끌고 지나갈 때 나는
꽃이면 꽃을 들고 고기꾸럼지면 고기꾸럼지를 들고 높이 휘둘러
원산 금강산으로 가는 아름다운 아가씨들의 일빈一嚬을 낚아 보
는 것도 한내다리에서나 할 수 있는 낚시질이다.

　올여름에도 어서 용담에를 가야 한다. 어서 참외가 났으면…….

　그러나 용담은 슬픈 곳이다. 내 옛집이 없고 내 부모가 안 계셔
서만 슬픈 것은 아니다. 어려서 이만 글자라도 나에게 가르쳐 준
봉명학교鳳鳴學校는 망해 없어지고 천진스럽게 장난할 궁리밖에
모르던 모든 죽마들은 대개는 생업을 찾아 동으로 서로 흩어졌다.
몇 사람의 남아 있는 친구도 있지마는 황폐해 가는 동네를 지킬
길이 없어 팔아먹은 조상의 무덤이나 바라보고 한숨짓는 그네뿐

이다.

　오오 즐거운 고향이여!

　그리고 슬픈 고향이여!

남행열차

아버지의 망명으로 나는 어려서 노령露領, '해수애'에서와 두만강을 건너와 이진梨津 땅인 소청素淸이란 거리에서 3, 4년 겨울을 지내본 일이 있다.

이곳은 모두 눈이 강산처럼 쌓이는 곳이었다. 그 눈 많은 '해수애', 거기서 아버지는 돌아가시고, 그 눈 많은 '소청'에서 어머니도 돌아가시었다.

그 후 철원으로 나와 소학교에 다닐 때 어느 늦은 가을날 오후였다. 혼자 쓸쓸히 산 위에 섰을 때 우르르 하고 원산 이북에서 오는 남행열차南行列車가 산모롱이를 돌아 나왔다.

그때 그 쏜살같이 달아나는 기차 지붕엔 눈이 허옇게 덮여 있었다.

"오 벌써 뒤대에는 눈이 왔구나!"

나는 새삼스레 북극의 겨울이 그리워졌었다. 그 눈이 추녀 밑까지 올려 쌓이어 길이 막혀 서당에도 안 가고 집에서 구수한 '수수알'을 삶아 먹던 일, 이글이글하는 장작불에 참새, 꿩을 구워 먹던 일, 그리고 어머니 생각이 더욱 솟아올랐었다.

지금도 어머니 산소는 소청에 있다. 지금도 눈을 보면 소청의 그때가 그립다. 벌써 뒤대에서 오는 차엔 눈이 덮여서 나올 때다.

그들의 얼굴 위에서

조용한 양지에 앉아 풀 움이 흙을 떠들추며 솟는 것을 볼 때, 그 부끄러운 웃음처럼 방긋이 제 무덤을 헤치고 내다보는 새 생명의 속삭임을 느낄 때, 나는 새처럼 노래하고 싶게 즐거워합니다.

또 어디서고 획 지날 길에 우연히 마주치는 첫 나비, 그도 오래간만에 만나는 유쾌한 친구처럼 나의 마음을 반가움에 뛰게 합니다.

그러나 우리의 봄, 우리 인생 자신의 봄은 그리 아름답기만 하고 즐겁기만 한 것은 아닌 것 같습니다.

나는 봄일수록 쓸쓸한 생각이 더욱 솟습니다. 쓸쓸한 사람들이 다른 철보다 더 뚜렷이 보이기 때문입니다. 얼굴이 꽃을 무색하게 하는 사람도 이 철에 있는 것이지만, 쓸쓸한 사람들의 얼굴, 두 눈이 시꺼먼 터널과 같이 무한한 우울에 잠겨 있는 그런 얼굴의 주인공들도 이 봄이 가져오는 것입니다. 봄옷 입었으되 빛이 나지 않고 꽃나무 밑을 거닐되 묘지에 선 사람처럼 어두운 얼굴, 그런 얼굴들이 봄이면 한결 더 많이 보여집니다.

나는 봄이면 쓸쓸한 사람, 그들의 얼굴을 엄숙히 바라봅니다. 그런 얼굴 중에 하나를 머리 속에 찍어 넣고 며칠씩 그와 함께 지내며 생각할 때 나는 비로소 인생의 깊은 바다 속에 한 길, 두 길, 더 깊이 가라앉아 봄을 느끼곤 합니다.

동경 있는 S누이에게

늦게 돌아온 밤이건만 자리에 누우니 낙숫물 소리가 그저 뚝뚝…… 귀를 퉁긴다.

눈이 녹는 소리! 무슨 서정조叙情調의 음악을 듣는 것처럼 그 소리 다감하다.

S누이야, 동경은 예보다 봄이 이른데 벌써 '도야마하라' 같은 데는 나비가 날지 않을까도 생각한다.

오늘, 아니 어제 저녁 네 편지를 받아 읽고 나서부터 나는 틈틈이 너의 지금 경우를 생각해 보았다. 그리고 지금 너의 경우가 우리 조선이 모든 졸업하는 여학생들의 공통된 경우일 것을 깨달았다. 이 편지를 공공한 지면에 쓰는 것도 그 때문이다.

S누이야.

네 말은 솔직한 고백이다. 너는 지금 투기욕投機慾으로 들뜰 때다. 여자의 일생 중에 학창을 최후로 나설 때처럼 투기욕에 눈이 뒤집힐 때, 요행을 바라는 때, 허영에 과민하기 쉬운 때는 없을 것이다.

결혼에 있어서든, 취직에 있어서든 그야말로 한번 잘 걸리고 못 걸리는 데 일생의 호강과 고생이 오고가고 하는 판이라 할 것이다. 그래서 십 년 이십 년씩 귀를 기울여 받은 교양도 한꺼번에다 날려보내고 가장 망령되이 계禊판에 들어선 사람처럼 요행에 목을 달고 늘어지기 쉬운 때가 이 졸업하고 나서는 때라 할 것이다.

어찌 여학생만 그러랴. 가만히 구경하면 요즘 야단들이다. 매관 매직하던 이조 말은 차라리 우리끼리나 하던 짓이었다. 어떻게 그렇게들 자존심이 없을까 보냐!

S누이야, 살진 개의 열흘보다 여윈 사람으로 하루를 살지 않으려느냐?

첫째, 우리는 사람이다. 만물의 어른 노릇하는 인간이 아니냐. 우리 마음 속에 떳떳함이 없을진대 우리는 수치스러울 것이요, 우리의 마음이 수치스러울진대 우리의 생명은 노예의 것일 것이다. 우리는 모든 행복을 소유하려 하기 전에 먼저 그 행복을 행복답게 소유할 임자 곧 '나'를 소유하자. 내 자신을 온전히 지배하자. 우리는 사업가가 되기 전에, 예술가가 되기 전에, 조선 사람 아니 세계 사람이 되기 전에 먼저 나, 내가 되어야 할 것이라 느껴진다.

S야, 너의 편지는 다소 침착을 잃은 것 같았다. 네 말대로 뻔히

알면서도 '요행'을 건지려는 얄미움이 좀 보이고 팽창된 직역사상
直譯思想의 흥분도 십분 느껴졌다.

　나는 너에게 권한다. 먼저 고요히 눈을 감고 잊어버렸던 너 자
신으로 돌아가라고, 그리고 네가 진정한 인간인 '너'의 주인이 되
어 가지고 모든 빛나는 활약을 보여 달라고.

　눈이 녹는 소리! 아마 내일 아침부터는 이 겨울 눈을 다시 보지
못할까 보다. 그 대신 며칠만 지나면 너를 만나려니 기다린다.

내게는 왜 어머니가 없나?

　생각하면 나는 상냥스런 아이는 아니었다. 그랬기에 아홉 살이나 나고도 어머니를 잃어버리는 그 큰 슬픔을 감각하지 못하였지. 어른들이 상주 노릇하라고 찾으러 다니는 것만 싫어서 숨어다니며 놀았다. 밤에는 할 수 없이 집에 있었으나, 울기는 고사하고 새로 잡은 도야지 오줌통으로 북을 메워 가지고 두드렸다.

　"이녀석아 가만히나 앉았거라."

　어른들이 틈틈이 윽박질렀다. 모두 아침부터 울기만 하는 큰누이와 이웃집 할머니에게 업혀 자는 세 살 나는 누이동생만 귀여워하는 것 같았다.

　나는 괜히 어머니가 죽어 나만 귀찮게 구는 것 같아 심술이 나곤 했다.

　그 후에도 어머니의 죽음은 늘 나를 귀찮게만 해주는 것 같았다.

"에그 불쌍해라. 어미까지 마자 잃구⋯⋯."

고향에 오니 할머니 되는 어른, 할아버지 되는 어른, 전에 어머니 친구들, 아버지 친구들 만나는 족족 내 머리를 쓰다듬으며 이런 말을 했다. 어떤 분은 나이도 묻고, 어떤 분은 '사탕 사 먹어' 하고 돈푼도 주었다.

그러나 그때 나는 이런 어른들처럼 만나기 싫은 사람은 없었다. 여러 사람 앞에서 불쌍하다 하며 돈푼이나 주는 것은 나의 의기를 여간 눌러놓는 것이 아니었다. 나로서는 큰 무안과 수치를 느끼곤 했다. 그래서 어머니의 죽음은 나를 귀찮게만 구는 것 같아서 어머니가 애틋하게 그립기보다는 원망스러운 편이었다.

그러다가 어머니를 생각하고 처음 울기는 열네 살 되는 해 봄이었다. 소학교를 졸업하는 날이었다. 그날 졸업식장에서는 내가 제일 빛나는 아이였다. 첫째로 내려오다 졸업에도 첫째로, 우등으로 하는 아이는 나뿐이었다. 상장을 타고 답사를 하는 아이도 나뿐이었다. 나는 제일 빛나는 졸업생이었다.

그러나 졸업식이 끝난 뒤 졸업장과 상장과 상품을 안고 구경시킬 이도 없는 일가 집 사랑 윗방에 돌아와 혼자 문을 닫고 앉을 때 나는 한없이 쓸쓸하였다. 그날 처음 '나에겐 왜 어머니가 없나?' 하고 울었다. 종일 울었다.

그때 상급학교라고는 으레 농업학교로 갈 줄만 알았다. 동무들은 모두 입학원서를 얻어다 쓰는데 나는 구경만 하는 수밖에 없었다. 그들이 한없이 부러웠다. 그러나 입학금과 책값을 달랄 사람이나 보증인에 도장을 찍어 달랄 사람은 없었다. 그렇다고 나뭇짐이나 지고 다른 아이들이 학교가는 것을 바라보기만 하기는 싫었다. 그때 나에겐 어머니가 돌아가셨더라도 어머니의 혼령은 나를 보호해 주시려니 나는 잘되게 해주시려니 하는 믿음이 어디선가 들리기 시작했다. 그래서 허턱 잘되어 보려 고행을 떠났던 것이다.

그 후부터는 가끔 어머니 생각이 났다. 길을 가다 객줏집에 들어 피곤한 다리를 쉴 때 그집 안부엌에서 나오는 저녁 짓는 그릇소리에도 문득 '내 집'과 '내 어머니'가 그립곤 했다.

서울서 중학을 다닐 때도 방학되는 날 동무들은 모두 짐을 싸며 집에 돌아가는 즐거움에 취할 때 나만은 술취한 사람 틈에 혼자 술 안 먹은 사람처럼 맨숭맨숭이 고독을 느끼곤 했다. 어떤 때 동무들이 하숙에 갔다가 그들이 집에서 보낸 것이라고 내놓은 엿조각이나 과일을 씹을 때에도 나는 속으로 어머니 생각과 함께 그것을 삼키곤 했다. 최근에는 혼인하던 날 제일 많이 어머니를 생각했다.

일본의 시인 이시카와 다쿠보쿠石川啄木는 늙은 어머니를 업어보고 그 너무 가벼움에 애처로워 세 걸음을 더 옮기지 못하였노라

내게는 왜 어머니가 없나?

하였다.

　나는 차라리 다쿠보쿠의 그 경우가 부러웁다.

　우리 어머니는 나를 새옷을 입혀 내보낼 때마다 외할머니더러

　"어머니 이전 꽤 컸지?"

하시면서 아비 없는 이 외아들이 커가는 것만 대견하여 내 키를
다시금 더듬어 보시었다.

　그것을 생각할 때마다 나는 '오늘 이렇게 큰 내 키를 어머니께
서 보실 수 있다면!' 하고 안타까워진다. 이렇게 건장한 어깨로 낙
엽 같으시나마 늙은 어머니를 한번 업어드렸으면 하는 것이 소원
이다.

　지금은 나도 한 살림을 이룩하였다.

　두 살 나는 딸에게 "아버지?" 하고 물으면 나를 가리키고 "어머
닌?" 하고 물으면 저의 엄마를 가리킨다. 그리고 "할머니는?" 하면
으레 턱을 쳐들고 사진틀을 가리킨다.

　요즘은 어머니로보다 집안의 웃어른, 아이들의 할머니로서 그
분의 그리움이 새삼스러워지는 것이다.

만년필

물질, 한낱 조그마한 물형物形에 일종의 애정을 폭로함은 스스로 부끄러운 일이 아닐 수 없다. 그러나 사실임엔 감출 필요야 없는 것이다.

나는 만년필을 퍽 사랑한다. 붓은 내 무기이기도 하려니와 아마 나는 글을 쓰지 않더라도 만년필은 다름없이 사랑했을는지도 모른다.

만년필이란 가장 교교驕하고 간사好한 기지機智의 자손이면서 그렇게 얄밉거나 건방진 존재는 아니다. 차에서나 배에서나 어디 산골에서나 친구에게 엽서 한 장이라도 쓰고 싶은 그 자리에서 쓰는 맛은 오직 만년필이 가진 친절에서가 아닐 수 없고, 한참 상상想에 열중했을 때 잉크병에까지 관심하지 않고 달아나는 상의 뒤를 그냥 추격할 용기를 주는 것도 만년필의 혜惠가 아닐 수 없다.

나는 다른 방면엔 박하더라도 만년필에만은 제법 흥청거렸다.

그리고 고급은 아니지만 '콩클린'이나 '무아'나 아무튼 서양제가 아니면 사기를 싫어하였다.

왜 서양 것을 비싸게 주고 즐겨 샀느냐 하면, 첫째 펜의 촉감이 좋고 그 촉감이 여간 4, 5년쯤으론 변하지 않는 점과, 둘째 잉크가 고르게 나오는 것과, 셋째 대나 클립이나 모양이 단연 우수한 점에서고, 넷째는 바다를 건너 먼 나라에서 왔다는 것이 정情에 울리는 때문이다.

그런데 지금 이 글을 쓰는 펜은 내 사랑하는 만년필은 아니다. 이 글을 쓰게 된 동기가 역시 내 사랑하는 만년필의 실종에서거니와, 최근 5, 6년간 길들여온 보스턴 무아 회사제의 만년필을 며칠 전에 경부대 마당에서 베이스볼하러 갔다가 잃어버린 것이다. 웃저고리를 소나무에 걸어 놓았더니 어떤 얄미운 친구가 말할 줄 모르는 내 만년필을 싹 뽑아간 것이다. 그를 생각하면 저고리 입을 때마다 섭섭하고 무엇을 쓰려고 할 때마다 잊혀지지 않는다. 이번에도

'무엇을 쓸까?'

하고 생각하다가 잃어버린 만년필 생각이 나서 이런 글을 쓰는 것이다.

강아지

4월 3일 화火

뜰에서 놀던 유백有白이가 갑자기 보이지 않았다.

나는 방에 들어가 보고, 저희 엄마는 바깥마당에 나가 보아도 보이지 않았다.

"어디 갔을까?"

부엌에도 뒷간에도 없었다. 한참 찾아다니는데 키 작은 소명小明이가 먼저 보고

"엄마! 유백이 저기 있어."

하였다.

"어디?"

"마루 밑구멍에……"

우리는 그제야 마루 밑을 들여다보았다. 유백이는 정말 마루 밑에서 씨사(개)와 마주앉아 왜 그런지 낑낑거리고 있었다. 가까이

들여다보니 씨사의 볼따구니를 움켜 쥐고 꼭 다문 입을 벌리게 하느라고 끙끙대는 것이었다.

유백이를 끌어내니 씨사도 꼬리를 흔들며 따라나왔다.

유백이는 씨사를 좋아한다. 씨사도 유백이를 좋아한다. 유백이가 그의 콧구멍에 손가락을 집어넣어 쑤시면 재채기를 하면서도 또 유백이는 씨사가 재치기하는 바람에 놀래어 뒤로 주저앉으면서도 그들은 강아지끼리 놀 듯 좋은 동무가 되어서 즐긴다.

나는 그들이 아무런 의사도 표현할 줄 모르면서 친구가 되는데 생각해 볼 무엇이 있지 않은가 느끼었다.

음악과 가정

나는 음악을 모른다. 할 줄도 모르고 들을 줄도 모른다. 그러나 허턱 좋아하는 데는 남의 춤에 끼일 만하다고 할까.

나는 중학 때 세 또래가 풍금 있는 집에 같이 있었다. 그때 두 동무는 이내 「이 풍진 세상을 만났으니」니 「가레스스끼」니 하는 걸 제법 복음複音까지 넣어서 칠 줄 알았으나, 나만은 3년 동안 그 집에 있으면서 「학도야 학도야」를 단음으로도 외우지 못하고 말았다. 악기뿐 아니라 성악엔 더욱 우둔해서 소학교 때에는 나 때문에 창가 시험이 한번은 연기까지 된 일이 있었으니 내가 석차席次로 첫째기 때문에 먼저 일어서서 창가를 부르다가 웃음판을 만들어 버려서 다른 아이들도 그 시간에 창가를 못하고 만 때문이다. 이처럼 나는 워낙 음악의 나라에선 미개한 이방인이었다.

그러나 이 일개 이방인으로도 음악의 나라에 대한 동경만은 늘 간절함이 있었다.

어떤 때는 슬픈 일이든 기쁜 일이든 간에 가슴 속에 울컥 감격이 치밀 때에 나는 번번이 한번 소리를 뽑아 노래하고 싶은 충동을 받는다. 그러나 목과 입은 남의 것처럼 한 번도 내 말을 들어주지 않았다. 그럴 때마다 나는 테너의 행복을 부러워한다.

동경 있을 때다. 지금보다도 더 단순한 그때 나에겐 견디기 어려운 고생이 뒤를 이어 습래하였다. 한번은 사흘이나 두문불출한 나를 은사 B박사가 찾아주었다. 나는 그에게 손목을 끌리어 그의 집 팔라로 갔을 때 B박사는 이내 성경을 내어 읽어 주고 기도를 하자 하였다. 나는 머리를 숙이는 대신 도리질을 하며

"싫여요" 하였다. 박사는 한참이나 내 얼굴을 들여다보다가 이번에는 유성기가 섰는 데로 갔다. 그리고 그때 B박사가 걸어준 판은 엘만의 바이올린 「오리엔탈」인데, 나는 그때처럼 잊을 수 없는 음악을 들은 적은 없었다. 그 이튿날 아침에도 B박사의 집에서 자고 잠을 깰 때 눈에 햇볕보다도 먼저 내 귀에 울리는 것은 음악이었다. 무슨 곡인지는 지금까지 모르되 박사가 밑에서 치는 퍽 라이브해서 듣기 쉬운 피아노 소리였다.

나는 나는 듯 침상에서 뛰어일어나 세상에 대한 무한한 애착을 새로 느끼던 것을 지금도 잊지 못한다.

나는 그 후부터 음악의 매력과 '음악소리에 잠을 깨는 아침의 행복'에 한 개 무지한 충복이 되었으며, 한 걸음 돌진하여서는 가정에 음악 상비를 주장하는 춤에 끼어 보려 하는 것이다.

가정은 문화의 고저를 막론하고 이 세상 모든 처소 중에서 가장 먼저 가장 많이 평화와 안락이 요구되는 처소다. 가정은 어린이들이 자라는 처소와 어른들이 쉬는 처소요, 늙은이가 고해를 건너 여생을 머물러 두는 처소이기 때문이다. 어디보다 음악이 필요한 처소는 실로 가정이다.

　가정을 위하여선 전문가가 아니라도 만족할 것이다. 차라리 명예욕에 뜬 전문가의 음악보다 가정을 위하여선 산새와 같은 아마추어의 소박한 음악이 정도正道의 것이 될 것이다. 성악이든 기악이든 아무리 소박한 것이라도 자신이 할 수 없으면 유성기나 라디오를 사 놓는 것도 좋다. 저열한 유행가를 경계하는 선에서 그것들은 가정의 평화와 안락을 위하여 충실한 천사의 역을 수행할 것이다. 유성기나 라디오가 시끄러우면 새를 한 마리 기르는 것도 좋고, 하다 못해 처마 끝에 풍경 하나를 매달아 놓아도 좋을 것이다.

　꽃과 그림과 문학서적과 함께 음악이 없는 가정은 언제든지 겨울과 같은 쓸쓸한 가정일 것이다.

여정旅情의 하루

원산은 보들레르와 아미엘이 함께 있는 시향詩鄕

8일 밤 극연劇硏(극예술연구회의 약칭)의 「앵화원櫻花園」이 제3막째 끝나는 것을 보고 우리는 일어섰다. 중간에서 보되 그 맛이 나고, 중간에서 그만 보되 또 그 맛이 넉넉한 것은 소설에서도 보는 체홉의 맛이었다.

애수, 그리고 가련한 고아를 보는 듯한 가없은 희망, 그런 우울한 향기에 젖은 우리는 '낙랑樂浪'을 다녀나와 인사도 없이 헤어졌다. 김 군이 동대문차에 오르는 것을 보고 나는 경성역을 향해 혼자 걸었다.

차 안은 마침 부프지 않았다. 함경선이면 어디까지든지 갈 수 있는 차표! 나는 아이같이 행복스러웠다. 차를 탈 때마다 어디까지라고 꼭 지정해야 되고, 지정하는 그곳에는 반드시 볼일이 기다리는, 그런 여행은 얼마나 세고적世苦的인 것이던가.

내가 탔으되 어디서 내릴지 미정인 여행, 여러 날 전부터 계획

이 없는 우연한 출발, 이것은 비록 내일 하루에 끝나야 할 작은 여행이로되 이렇게 '길손'의 성격을 품어보는 유쾌는 본래에 드문 행복의 하나였다.

어디서 내릴까? 혼자 생각하는데 차장이 표 조사를 하면서 물었다.

나는 멀찍이

"청진淸津까지."

해놓기는 하고도 원산서 내릴까 하였다. 그리고 아무튼 피곤했으니 한잠 자고 나서 생각하리라 하였다.

처음 눈을 뜰 때는 어딘지, 정차한 곳 차장에게 물으니

"복계福溪요" 했다. 다음 번 눈을 뜰 때에는

"요담이 원산이오" 했다.

원산! 나는 밖을 내다보았다. 별들이 '아직 새벽이야요' 하는 듯.

원산, 원산, 나는 잠이 홱 달아났다. 8년 만인가 10년 만인가 나는 이렇게 '만인가'를 붙여 생각하리만치 원산은 내가 돌아와야 할 곳 같았다. 그렇게 나에게 원산은 '옛날'이 있는 곳임을 얼른 깨달았다.

내가 낳던 해라 한다. 아버지는 덕원 고을이던 이곳의 지배자로 와 있었다. 내가 여섯 살 먹던 해에 아버지는 조선을 사랑했기

때문에 이 땅을 버리지 않을 수 없는 운명에서 러시아 상선商船에 우리를 싣고 영원히 조선을 뒤로 하시던 그 슬프던 항구가 이 원산이었다. 그 뒤 이 철 없는 자식만 살아 돌아와 외롭던 소년기의 30년을 유리流離하던 곳이 또한 원산이 아닌가!

이렇게 생각하는데 차창 밖에는 벌써 전등이 군데군데 보이기 시작했다. 원산, 불이 보이는 원산! 현실의 원산이 눈 아래 접어든다. 나는 어느덧 눈이 매끄러워진다. 모자를 벗겨 들었다. 원산은 나에게 옛날만의 원산은 아니다.

정거장을 나서니 인객꾼들이 덤빈다. 무슨 여관이라고 쓴 등을 갖다 보이며 한 사람이

"우리 여관으로 가시지요."

한다. 그를 따라 석우동石隅洞을 들어서려니까 마침 종소리가 찬 하늘을 울려왔다. 꽤 가까이 있는 성당에선 듯 맑은 종소리는 맨-바다 저편에 서광을 부르는 것처럼 평화와 희망의 감정을 길손의 가슴에 일으켰다. 나는 걸음을 멈췄다. 하늘에 샛별들이 주일학교에 모인 아기들 같았다.

"어서 오시지요."

인객꾼이 돌아다보며 그랬다.

"나 여관에 안 가겠소."

"왜요?"

"좀 있으면 밝을 건데 이렇게 걸어다니고 싶소."

"뭐요? 이 양반이."

이해하기 힘든 듯 그는 모멸하는 언사를 남기고 사라졌다.

나는 적이 자유를 느끼었다. 그리고 외등外燈들과 새벽 별빛 때문에 그리 어둡지는 않은 희미한 기억의 거리를 혼자 톺아 걸었다.

아직 밤 속의 원산, 잠든 이곳 사람들, 남의 집 마당에 몰래 들어선 듯 가벼운 불안이 떠오르기도 했다. 정거장에 머물렀던 기차는 다시 떠난 듯, 종소리마저 그쳐 버린 뒤에는 거리는 점점 호젓해 갔다. 보이는 집마다 문은 닫히고 나타나는 골목마다 어웅하게 비어 있다.

방황, 그리고 고독감의 행복, 나는 시인이 시상詩想의 세계를 헤매듯 어둠의 거리를 걷고 또 걸어 내려갔다. 아마 산제동 앞일까 내가 타고 온 기찻길이 나오는 데까지 가서는 나는 더 내려만 가기를 멈추고 한곳에 오래 서 보았다.

그래도 동천東天엔 아직 아침이 비치지 않았다. 감기만 아니면 어떻게 더듬어서라도 산을 찾아 올라 바다에서 솟는 여명을 구경하고 싶었으나 손이 시리고 목이 시리고 기침이 나는 바람에, 나는 다시 발길을 돌려 정거장 쪽으로 올라왔다. 한 여관의 문을 두드렸다. 그도 정거장에 나왔던 인객꾼인 듯 얼른 문을 열고 맞는 사람이 있었다.

"방 있습니까?"

"네, 그렇지만 독방은 불땐 방은 없쇠다" 한다.

"불 안 땐 방이라도 괜찮소" 하니 그제는

"이리 들어오우다" 한다.

나는 정해 주는 방에 들어가 앉자 이내 길에서 들어온 걸 후회하였다. 바람만 설레지 않을 뿐, 차가운 장판은 길보다 떨리기도 더하려니와 단조, 단조하니 이렇듯 기막힌 단조의 지옥이리오. 사방을 둘러보아야 빈혈증에 걸린 얼굴처럼 누르퉁퉁한 백로지뿐, 감정이 붙은 것이라곤 약간 흘려 쓴 '제9호실'이란 네 개의 문자가 미닫이틀 위에 존재했을 뿐이다. 그리고 다시 사람의 것이라곤 싸늘한 때뿐, 드러누우라고 펴놓고 나간 이부자리에 향그럽지 못한 때뿐, 울고 싶도록 방안은 단조의 시험관試驗管이었다.

나는 이 단조한 '제9호실'에 앉아 일종의 의분을 느껴 장탄長嘆하였다.

어쩌면 그 흔한 석판화 한 장을 붙이는 습관이 없었을까. 원산의 여관이니 하다못해 기선회사 포스터 한 장이라도 걸릴 법하지 않은가!

남부럽지 않게 높은 정신문화의 역사를 가졌고, 더군다나 신라, 고려 같은 미술의 왕국이던 그 나라 후예들이 어찌 이렇듯 무색채, 무변화한 방안에서 한 토막의 호흡인들 할 수 있는가 생각하니 남의 일 같지 않게 서글프기도 했다.

그러나 손만 비비고 앉았는 나에게 한 마디의 음악, 그렇다, 그것은 기적이라기보다 웅장한 파이프 오르간에서 울려나오는 음악이다. 선행船行이 아니라 바다를 산보하는 휘파람 소린 듯 그렇게 서정적인 기선 소리가 한 마디 울려와 주었다.

기선 소리! 나의 가슴은 뛰었다. 파도 소리까지 곧 귓전에 울리는 듯 얼마나 나에게 가지가지의 추억을 일으켜주는 음향이냐! 원산서 일로一路 '블라디보스토크'까지 혹은 거기서 청진, 성진, 서호진, 동해안의 모든 항구를 드나들면서 나의 고독은 저 소리와 함께 무시로 휘파람 불며 떠다니었다.

나는 조반을 재촉하여 먹고 여관을 나섰다. 동짓달의 아침으로는 보기 드물게 온화한 날씨다. 신작로 때문에 그 길은 모두 뒷골목이 되어 버렸고 뒷골목은 깨끗한 상점 하나 가지지 못하였다. 그러나 나의 추억의 더듬길은 모두 그늘진 이 구 길들이었다.

구 길을 걸어 관다리로 내려가니 옛날의 적전교赤田橋는 그림자도 없어졌고, 땅 밑으로 들어가 철길을 이고 지나게 되었다.

부리나케 부두로 내려갔다. 그리고 나는 부두에서 최대의 환멸을 느꼈다.

함경선이 완통完通되기 때문에 여객과 화물까지도 대부분을 빼앗긴 듯, 부두는 사랑스러운 기선 한 쌍 안고 있지 못하였다. 서울서 보는 참새처럼 연기에 새까맣게 그슬린 발동선들과 무뚝뚝한 노동자인 듯 아무런 애교도 없는 화물선 한 쌍이 멀찌거니 나 ○ ○ ○○○ ○○ ○○○

부두는 군데군데 가 볼수록 신산辛酸만스럽다. 너무나 한 그릇의 밥만이 절박한 듯 딱하리 만치 화장을 잊은 여인들은 갈쿠리처럼 굳어버린 손가락으로 죽지 않으려고 펄펄 뛰는 대구의 며가지를 땄고, 육지에는 너같은 여인밖에 없느냐는 듯이 아침에 상륙한 선인船人들은 절망한 눈으로 그녀들을 조롱하고 있다. 물에 뜬 것은 생선 뼈다귀, 해어진 지까다비짝, 길에는 썩은 고기 비늘과 고기 창자들, 그리고 그것을 주워먹으러 나왔다 구루마에 치인 듯, 참혹히 역살轢殺을 당한 쥐새끼……

"이 새끼야 무스거 밤낮 이 노릇만 하다 죽갱이……."

"체, 네간나 새낀 벨쉬 있능야……."

쇠 잠근 창고에 기대어 운명을 비웃는 사나이들.

"떡으 좀 싸우다."

"이거 좀 들어 이워 주우다."

젊은 사나이들이 관심하기엔 너무나 두개골부터 떠오르는 늙은 여인들의 얼굴, 그들의 생활의 비명. 정히 악惡의 시인 보들레르의 환상이 이곳에 버려져 있지 않은가!

나의 다리는 피곤하였다. 어디를 걸어다니며 이 날을 보내야

할지 막연하였다. 찻집도 보이지 않았다. 다른 음식점에 들어가기
엔 점심때도 아직 일렀다. 그래서 목욕하기보다는 좀 쉬운 고통인
이발관으로 들어갔다.

　—머리는 깎지 말고 그냥 폭신한 걸상에 앉았다만 나왔으면—

　그러나 이렇게 주문하기엔 그들의 웃음을 살 것이 걱정되었다.

청춘고백 – 공상시대

나폴레옹 시대 이하

영국 어느 곳에는 "태평양과 대서양의 바닷물을 바짝 쫄과놓고 그 속에 무엇이 있나 보고 싶다"고 한 학생이 있었다 한다.

그럴듯한 신사적 공상이다.

그러나 우리 같은 천재 아닌 범속된 머리 속에는 한번도 그다지 델리킷한 공상은 품어본 적이 없었다.

나폴레옹 시대

나는 소학교 다닐 때 어데서 굴러온 것이었던지 뜯어진 책장에서 나폴레옹의 사진을 구경한 적이 있었다. 구경뿐만 아니라 그것을 호주머니에 집어넣고 다니며 심심할 때마다 꺼내 본 적이 있었다. 그때 나의 정도로는 사진 설명도 제대로 읽을 수가 없었지마는 그의 위풍, 배를 쭉 내밀고 두 어깨를 잔뜩 젖혀서 뒷짐을 지고 힘있게 다문 입과 천리 밖을 내다보는 듯한 눈이 나로 하여금 무조건하고 그를 숭배하게 하였다.

그 후에 선생님에게 물어 나폴레옹은 서양 천지를 마음대로 뒤흔들던 대영웅이라는 것만은 확실히 믿게 되었고, '옳지 그러면 나는 동양의 나폴레옹!' 하는 엉뚱한 생각에 궁둥이에서부터 뿔나는 송아지처럼 제기운에 신이 났다. 그러다가 누구에게 들은 말인지 군관학교를 다니자면 상하이를 가야 한다는 것이 그때 내 귀에 그냥 지나칠 말이 아니었었다.

이리하여 이 철따구니 없는 자칭 동양 나폴레옹은 소학교를 마치고 나서 돈 들어올 기회만 엿보고 있다가 제사에 쓸 북어 한 쾌 사오라는 돈 1원 60전이 손안에 들어온 김에 물실호기하리라 하고 그 소위 남아입지출향관男兒立志出鄕關을 실현하였던 것이다.

그러나 돈 1원 60전을 동전으로 바꾸어 최후의 일전까지 반들반들 길이 들도록 주무르다 쓰고 말았으나 목적한 상하이는 아직도 동인지 서인지도 모르고 돌아다니다가 우연히 자칭 나폴레옹 동지 한 사람을 만나게 되었고, 그이와 같이 천하사天下事를 담판談判 후에 겨우 국경은 탈출하였었으나 말 모르는 안동현에서 두어 주일 굶주리고 보니 동양의 천지는커녕 눈에 보이는 것은 호떡 아니면 벙거지 쓴 놈뿐이다. 그만 상하이도 하직이요 나폴레옹도 하직하고 말았었다. 그러나 지금 생각하면 촌촌걸식으로 관서 일대를 무전답파한 그 운명적이 아니면 못해 볼 상쾌한 여행만은 틀림없이 나폴레옹의 덕인 줄 생각한다.

로테 연인시대

중학 때처럼 남부끄러운 줄 모르던 때는 없었던 것 같다. 나는 괴테의 「젊은 베르테르의 슬픔」을 읽고 베르테르의 슬픔을 동정하여 어찌 울었는지 모른다. 그리고 내 머리 속에도 로테와 같은 부자유스러운 사랑의 대상 하나를 그려 놓고 내 자신이 베르테르인 듯싶어 돌연히 아! 오!! 이여!!! 하고 슬퍼하고 탄식하기를 자랑 삼아 하였었다.

편지 오입도 이 로테의 연인시대였었다. 물론 남자 동무끼리였지마는 비가 오면 무슨 은실 같은 빗발이 늘어졌다는 둥 달이 밝으면 처녀라는 말이 하도 쓰고 싶어서 얼토당토않은 데다 처녀의 유방 같은 달이니 어쩌니 하고 센티멘털 동호자끼리 일주일에도 두세 번씩 편지질하는 것도 그때일 것이다. 그리고 스스로 문학청년 연하여 학교에서도 양지쪽에만 모이는 골동骨董짜리들만 모아 가지고 동인잡지를 한답시고 밤중에 남의 학교 등사판을 집어내다가 바들바들 떨면서 골필骨筆을 잡고 밤을 샜던 것이다. '북으로 시베리아 남으로 사바라' 하고 유랑가를 부르며 '보헤미안 라

이프'를 동경하던 것도 모두 로테의 연인시대였었다.

생각하면 무사기無邪氣한 사기였던 만큼 그때가 그립기도 하다.

공상은 일종의 풋기운이다. 공상시대란 풋기운시대 여물지 못한 시대이니 지금의 나 역亦 공상시대에서 벗어난 사람은 아직도 아니다.

고아의 추억
아렴풋한 시절

해삼위海參威(블라디보스토크)의 해변 조선 사람들이 꽤 많이 모여 살던 어느 한적한 농촌이었다. 해삼위에 가서 반 년 동안이나 치료하시던 아버지가 조그만 목선을 타고 돌아오셨다. 뻣적뻣적하는 양복을 입으셨으나 선부船夫에게 업혀 상륙하시던 아버지, 단장을 의지하고 혼자 서시자

"이리온 태준아."

하고 부르시었다. 나는 낯선 손님만 같아서 어머니의 치마폭으로 얼굴을 가리며 돌아섰다.

"자식이 벨을 안 주는 걸 보니 정말 죽으려나 보다!"

하시고 아버지는 다시 선부에게 업히시었다.

나는 그때 여섯 살, 그 뒤로 며칠 만인지 몇 달 만인지 나는 아버지가 돌아가시는 것을 본 생각은 나지 않고 어머님이 목쉰 음성으로 여러 인부들을 지휘하시며 아버지의 산소를 묻던 광경만 어

렴풋이 기억된다. 그때는 가을인 듯 역시 철나지 않은 누님은 나를 데리고 개암을 따먹으려고 없어지곤 하여 어머니는 이따금 우리를 찾으시기에도 바쁘시었다.

어머니는 아버지를 유골이나마 이역에 묻고서는 편안히 누워 보신 저녁이 없으신 듯 석 달이 못되어 어머니는 미처 풀도 푸르지 못한 아버지의 산소를 헐으셨다. 흙이 좀 묻었을 뿐인 관을 조그만 청어배에 싣고 고향 땅에 들어서 첫 항구를 찾은 것이 배기미, 지금 함경북도 부령 땅인 이진梨津이었다.

어머니는 아버지의 관을 모새땅이나마 내 고향이라고 이곳에 다시 묻으시었다. 그리고 가끔 내 손목을 이끌고 가시어 내가 못보는 체하면 돌아서 눈물을 씻으시곤 하였다. 해변이라 파도 소리가 어느 때나 쉬지 않았다. 내 귀가 파도 소리를 슬픈 소리로 기억한 것은 이때에 듣던 파도 소리였다.

한번은 어머니는 나만이 아니라 몇 사람의 일꾼을 데리고 아버지 산소로 가시더니 또 봉분을 하시었다. 그때는 관 널이 썩어 있었다. ○○얼굴을 돌이키나 어머니는 팔을 걷으시고 손수 뼈를 추리시어 물에 씻기까지 하시더니 백지에 싸고싸고 묶고묶고 하여 그때까지 따라다니던 가복家僕 '정관이'에게 지워 철원 선영으로 보내시었다.

그때의 이진서 철원은 아득한 길이었다. 청진까지 나오면 거기서 원산까지는 화륜선火輪船이 있었으나 물길이 미덥지 못하여 육로로만 나가게 하신지라, 떠난 지 석 달 뒤에야 선영에 봉안되었다는 기별이 났었다. 그러나 한 짐을 벗으신 듯한 어머니, 이번엔 벗을 수 없는 병을 지고 누우시었다.

북국의 겨울 함박눈이 쏟아지던 밤이었다. 여러 날 만에 이상하게도 소강小康을 얻으시어 이날 저녁 때에는 밥을 다 반합이나 잡수시었다. 우둔한 자식들은 병을 놓으시는 줄만 알고 좋아라 하고 밖에 나와 눈장난에만 팔리고 말았다. 문병을 왔던 할머니들의 급히 부르는 소리에야 뛰어들어가 보니 어허! 어머니는 그린 듯이 누워계신데 만져 보는 데마다 얼음 같으시었다.

제일 크다는 자식 누이가 열두 살, 내가 아홉 살, 누이동생이 세 살, 이것들이 앞에 있었기로 무엇 했으리오. 감지 못하시는 눈에 더욱 감시만 되었을 것이로되 차츰 철나며 생각하니 한 됨이 큰 것이다.

그 뒤 24년 꿈이라도 여러 해 전인 것처럼 어렴풋하다. 어머니의 무덤은 아직도 그 파도 소리 슬픈 웅기만 바닷가에 놓여 있다.
"그 무덤은 정말 나의 어머니일까?"
이런 의심을 생각하리만치 전설처럼 아득해졌다.

어려서는 부모님이 그립다기보다 아쉽곤 하였다. 옷이 더러워졌을 때, 무엇이 먹고 싶을 때, 그리고 무슨 명일이 돌아올 때는 더욱 못 견디게 아쉬웠다. 사탕처럼, 비단옷처럼, 따뜻한 아랫목처럼 아쉬운 부모님이었었다.

그러나 지금은 피부에서보다 마음으로 그리워지는 부모님이시다. 배고프지 않고 등 춥지 않되 오히려 즐거운 때일수록 문득문득 생각나는 이들이 그들이시다. 어떤 때는 고요한 밤 지는녘에 종교와 같이 가만히 그리워지는 분들이 그들이시다.

해마다 벼르기는 하지만 올여름에는 꼭 어머니 산소에 다녀오리라.

제 2 부

자연

물

나는 물을 보고 있다.

물은 아름답게 흘러간다.

흙 속에서 스며나와 흙 위에 흐르는 물, 그러나 흙물이 아니요 정한 유리그릇에 담긴 듯 진공 같은 물, 그런 물이 풀잎을 스치며 조각돌에 잔물결을 일으키며 푸른 하늘 아래에 즐겁게 노래하며 흘러가고 있다.

물은 아름답다. 흐르는 모양, 흐르는 소리도 아름답거니와 생각하면 이의 맑은 덕, 남의 더러움을 씻어는 줄지언정, 남을 더럽힐 줄 모르는 어진 덕이 이에게 있는 것이다. 이를 대할 때 얼마나 마음을 맑힐 수 있고, 이를 사귈 때 얼마나 몸을 깨끗이 할 수 있는 것인가!

물은 보면 즐겁기도 하다. 이에겐 언제든지 커다란 즐거움이 있다. 여울을 만나 노래할 수 있는 것만 이의 즐거움은 아니다. 산과 산으로 가로막되 덤비는 일없이 고요한 그대로 고이고 고이어 나중날 넘쳐 흘러가는 그 유유무언悠悠無言의 낙관樂觀, 얼마나 큰 즐거움인가! 독에 퍼 넣으면 독 속에서, 땅속 좁은 철관에 몰아 넣으면 몰아넣는 그대로 능인자안能忍自安한다.

물은 성스럽다. 무심히 흐르되 어별魚鼈이 이의 품에 살고 논, 밭, 과수원이 이 무심한 이로 인해 윤택하다.

물의 덕을 힘입지 않는 생물이 무엇인가!

아름다운 물, 기쁜 물, 고마운 물, 지자智者 노자老子는 일즉 상선약수上善若水라 하였다.

밤

동경서 조선 올 때면 늘 밤을 새삼스럽게 느끼곤 하였다.

저기도 주야가 있지만 전등 없는 정거장을 지나보지 못하다가 부산을 떠나서부터는 가끔 불시정차不時停車 같은 캄캄한 곳에 차가 서기 때문이다. 무슨 고장인가 하고 내다보면 박쥐처럼 오락가락하는 역원들이 있고, 한참 둘러보면 어느 끝에고 깜박깜박하는 남폿불도 보인다.

밤, 어둠의 밤 그대로구나! 하고 밤의 사진이 아니라 밤의 실물을 느끼곤 하였다. 그리고 정말 고향에 돌아오는 것 같은 아늑함을 그 잠잠한 어두운 마을 속에서 품이 벌게 받는 듯하였다.

"아이 정거장도 쓸쓸하긴 하이⋯⋯."

하고 서글퍼하는 손님도 있지만 불 밝은 도시에서 지냈고 불투성이 정거장만 지나오면서 시달릴 대로 시달린 내 신경에는 그렇게 캄캄한 정거장에 머물러주는 것이 도리어 고마웠다. 훌륭한 산수

山水 앞에 서주는 것만 못하지 않았다.

그때부터 나는 불 없는 캄캄한 밤을 즐겨 버릇하였다. 그 후 동경 가서는 불 없이 노는 회會를 만들어 여러 친구와 다음날 해가 돌아오도록 긴 어둠을 즐겨 본 일도 있다.

밤이 오는 것은 날마다 보면서도 날마다 모르는 새다. 그러기 때문에 낮에서부터 정좌하여 기다려도 본다. 닫힌 문을 그냥 들어서는 완연한 밤걸음이 있다. 벽에 걸린 사진에서 어머님 얼굴을 데려가 버리고 책상 위에 혼자 끝까지 눈을 크게 뜨던 꽃송이도 감겨버리고 나중에는 나를 심산深山에 옮겨다 놓는다.

그러면 나는 벌레 우는 소리를 만나고, 이제 찾아올 꿈을 기다리고, 그리고 이슥하여선 닭 우는 소리를 먼 마을에 듣기도 한다.

산山

松下問童子	소나무 아래서 동자에게 물었더니
言師採藥去	스승께선 약을 캐러 갔다 말하네.
只在此山中	이 산중에 계시기는 계십지요만
雲深不知處	구름 깊어 계신 곳을 모른답니다.

서당에서 아무 뜻도 모르고 읽었다. 차차 알아질수록 좋은 시경詩境이다.

산은 슬프다.

강원도는 워낙 큰 산이 많다. 철원 용담이란 촌에서 안협安峽 '모시울'이라는 촌까지 70리 길은 내가 열 살, 열한 살 때 여러 차례 걸은 길이다. 산협山峽이라 산 넘어 물이요, 물 건너 산인데다, 제일 큰 물 '더우내'를 건너서 올라가기 시작하는 '새수목' 고개는 올라가기 십 리, 내려가기 십 리의 큰 영嶺이다. 그 영을 나는 여름철에 혼자도 몇 번 넘어보았다.

하늘을 덮은 옹울翁鬱한 원생림原生林 속에서 저희끼리만 뜻있는 새소리도 길손의 마음에는 슬픈 소리요, 바위 틈에 스며 흘러 한 방울 두 방울 지적거리는 샘물 소리도 혼자 쉬며 듣기에는 눈물이었다. 더구나 산마루에 올라 천애天涯에 아득한 산갈피들이며, 어웅한 벼랑 밑에 시퍼런 강물이 휘돌아가는 것을 볼 때 나는 어리었으나 길손의 슬픔에 사무쳐 보았다.

산은 무섭다.

나는 원산 있을 때 어느날 저녁, 길에서 사람들이 웅성거리는 소리를 듣고 자다 말고 나가 산화山火 붙는 것을 구경하였다.

그때 어른들의 말이 백 리도 더 되는 강원도 어느 산이라고 하는데, 몇십 리 길이의 산마루가 불뱀이 되어 기고 있었다. 우지끈 우찌근하고 집채 같은 나무통이 불에 감기어 쓰러지는 소리가 들리는 것처럼 바라보기에 처참스러웠다. 무서운 꿈 같았다.

산, 그는 산에만 있지 않았다. 평지에도 도시에도 얼마든지 있었다. 나를 가끔 외롭게 하고 슬프게 하고 힘들게 하는 모든 것은 일종의 산이었다.

화단花壇

찰찰하신 노주인이 조석으로 물을 준다. 거름을 준다. 손아孫兒들을 데리고 일삼아 공을 드리건마는 이러한 간호만으로는 병들어가는 화단을 어찌하지 못하였다.

그 벌벌하고 탐스럽던 수국과 옥잠화의 넓은 잎사귀가 모두 누릇누릇하게 뜨기 시작하고 불에 덴 것처럼 부풀면서 말라들었다.

"빗물이나 수돗물이나 물은 마찬가질 텐데……"

물을 주고날 때마다, 화단에서 어정거릴 때마다 노인은 자못 섭섭해 하였다.

비가 왔다. 소나기라도 한 줄기 쏟아졌으면 하던 비가 사흘이나 순조로 내리어 화분마다 맑은 물이 가득가득 고이었다.

노인은 비가 갠 화단 앞을 거닐며 몇 번이나 혼자 수군거리었다.

"그저 하늘물이라야……. 억조창생億兆蒼生이 다 비를 맞아야······."

만지기만 하면 가을 가랑잎 소리가 날 것 같던 풀잎사귀들이 기적과 같이 소생하였다. 노랗게 뜸이 들었던 수국잎들이 시꺼멓게 약이 오르고, 나오기도 전에 옴츠러지던 꽃봉오리들이 부르튼 듯 탐스럽게 열리었다. 노인은 기특하게 여기어 잎사귀마다 들여다보며 어루만지었다.

원래 서화를 좋아하는 어른으로 화초를 끔찍이 사랑하는 노인이라, 가만히 보면 그의 손이 가지 않은 나무가 없고 그의 공이 들지 않은 가지가 없다. 그 중에도 석류나무 같은 것은 철사를 사다 층층이 테를 두르고 곁가지 샛가지를 자르기도 하고, 휘어붙이기도 하여 사층나무도 되고 오층으로 된 나무도 있다. 장미는 홍예문같이 틀어올린 것도 있고, 복숭아나무는 무슨 비방으로 기른 것인지 키가 한 자도 못 되는 어린 나무에 열매가 도닥도닥 맺히었다. 노인은 가끔 안손님들까지 사랑마당으로 청하여 이것들을 구경시키었다. 구경하는 사람마다 회한해 했다.

그러나 다행히 이러한 화단이 우리 방 앞에 있음에도 불구하고 나는 한 번도 노주인의 재공才功을 치하하지 못한 것은 매우 서운한 일이라고 생각한다.

그가 있는 재주를 다 내어 기른 그 사층나무 오층나무의 석류보다도 나의 눈엔 오히려 한편 구석 응달 밑에서 주인의 일고지혜一顧之惠도 없이 되는 대로 성큼성큼 자라나는 봉선화 몇 떨기가 더 몇 배 아름답게 보이기 때문이다.

무럭무럭 넘치는 기운에 마음대로 뻗고 나가려는 가지가 그만 가위에 짤리우고 철사에 묶이어 채반처럼 뒤틀려 있는 것은 아무리 보아도 괴로운 꼴이다. 불구요 기형이요 재변이라 안 할 수 없다.

노인은 푸른 채반에 붉은 꽃송이를 늘어놓은 것 같다고 하나, 우리의 무딘 눈으로는 도저히 그런 날카로운 감상을 즐길 수 없을 뿐 아니라 도리어 불유쾌를 느낄 뿐이었다.

자연은 신이다. 이름 없는 한 포기 작은 잡초에 이르기까지 신의 창조가 아닌 것이 없다. 신의 작품으로서 우리 인간이 손을 대지 않으면 안 될 만한 그러한 졸작, 그러한 미완품이 있을까? 이것은 생각만으로도 어리석은 일일 것이다.

우리는 자연을 파괴하고 불구되게 할 수는 있다. 그러나 그것을 창조하거나 개작할 재주는 없을 것이다.

파초芭蕉

작년 봄에 이웃에서 파초 한 그루를 사왔다. 얻어온 것도 두어 뿌리 있었지만 모두 어미뿌리에서 새로 찢어낸 것들로 앉아서나 들여다볼 만한 키들이요, '요게 언제 자라서 키 큰 내가 들어설 만치 그늘이 지나!' 생각할 때는 적이 한심하였다.

그래 지나다닐 때마다 눈을 빼앗기던 이웃집 큰 파초를 그예 사오고야 만 것이었다.

워낙 크기도 했지만 파초는 소 선지가 제일 좋은 거름이란 말을 듣고 선지는 물론이요 생선 씻은 물, 깻묵 물 같은 것을 틈틈이 주었더니 작년 당년으로 성북동에선 제일 큰 파초가 되었고, 올봄에는 새끼를 다섯이나 뜯어내었다. 그런 것이 올여름에도 그냥 그 기운으로 장차게 자라 지금은 아마 제일 높은 가지는 열두 자도 훨씬 더 넘을 만치 지붕과 함께 솟아서 퍼런 공중에 드리웠다. 지나는 사람마다 "이렇게 큰 파초는 처음 봤군!" 하고 우러러보는 것이다. 나는 그 밑에 의자를 놓고 가끔 남국의 정조情調를 명상한다.

파초는 언제 보아도 좋은 화초다. 폭염 아래서도 그의 푸르고 싱그러운 그늘은, 눈을 씻어줌이 물보다 더 서늘한 것이며 비오는 날 다른 화초들은 입을 다문 듯 우울할 때, 파초만은 은은히 빗방울을 퉁기어 주렴珠簾 안에 누웠으되 듣는 이의 마음에까지 비를 뿌리고도 남는다. 가슴에 비가 뿌리되 옷은 젖지 않는 그 서늘함, 파초를 가꾸는 이 비를 기다림이 여기 있을 것이다.

오늘 앞집 사람이 일찍 찾아와 보자 하였다. 나가니

"거 저 큰 파초 파십시오."

한다.

"팔다니요?"

"저거 이전 팔아버리셔야 합니다. 저렇게 꽃이 나온 건 다 큰 표구요, 내년엔 영락없이 죽습니다. 그건 제가 많이 당해본 걸입쇼."

한다.

"죽을 때 죽더라도 보는 날까진 봐야지 않소?"

"그까짓 인제 뒤 달 더 보자구 그냥 두세요? 지금 팔면 올엔 파초가 세가 나 저렇게 큰 건 오 원도 더 받습니다……. 누가 마침 큰 걸 하나 구한다죠. 그까짓 슬쩍 팔아버리시죠."

생각하면 고마운 말이다. 이왕 죽을 것을 가지고 돈이라도 한 오 원 만들어 쓰라는 말이다.

그러나 나는 마음이 얼른 쏠리지 않는다.

"그까짓거 팔아 뭘 허우."

"아 오 원쯤 받으셔서 미닫이에 비 뿌리지 않게 챙이나 해 다시죠."

그는 내가 서재를 짓고 챙을 해 달지 않는다고 자기 일처럼 성화하던 사람이다.

나는, 챙을 하면 파초에 비 맞는 소리가 안 들린다고 몇 번 설명하였으나 그는 종시 객쩍은 소리로밖에 안 듣는 모양이었다.

그는 오늘 오후에도 다시 한 번 와서

"거 지금 좋은 작자가 있는뎁쇼……."

하고 입맛을 다시었다.

정말 파초가 꽃이 피면 열대지방과 달라 한 번 말랐다가는 다시 소생하지 못할는지도 모른다. 그러나 내 마당에서, 아니 내 방 미닫이 앞에서 나와 두 여름을 났고, 이제 그 발육이 절정에 올라 꽃이 핀 것이다. 얼마나 영광스러운 일인가! 그가 한 번 꽃을 피웠으니 죽은들 어떠리! 하물며 한마당 수북하게 새순이 솟아오름에라!

소를 길러 일을 시키고 늙으면 팔고 사간 사람이 잡으면 고기를 사다 먹고 하는 우리의 습관이라 이제 죽을 운명의 파초니 오원이라도 받고 팔아준다는 사람이 그 혼자 드러나게 모진 사람은 아니다. 그러나 무심코 바람에 너울거리는 파초를 보고 그 눈으로 그 사람의 눈을 볼 때 나는 내 눈이 뜨거웠다.

"어서 가슈. 그리구 올가을엔 움이나 작년보다 더 깊숙하게 파주슈."

"참 딱하십니다."

그는 입맛을 다시며 돌아갔다.

바다

바다!

바다를 못 본 사람도 있다.

작년 여름에 갑산 화전지대에 갔을 때 거기의 한 노인더러 바다를 보았느냐 물으니 못 보고 늙었노라 하였다. 자기만 아니라 그 동리 사람들은 거의 다 못보았고 못 본 채 죽으리라 하였다. 그리고 옆에 있던 한 소년이 바다가 뭐냐고 물었다. 바다는 물이 많이 고여서, 아주 한없이 많이 고여서 하늘과 물이 맞닿은 데라고 하였더니 그 소년은 눈이 뚱그래지며

"바다? 바다!"

하고 그윽이 눈을 감았다. 그 소년의 감은 눈은 세상에서 넓고 크기로 제일 가는 것을 상상해보는 듯하였다.

내가 만일 아직껏 바다를 보지 못하고 '바다'라는 말만 듣는다면 '바다'라는 것이 어떠한 것으로 상상될까? 빛은 어떻고, 넓기는

어떻고, 보기는 어떻고, 무슨 소리가 날 것으로 상상이 될꼬? 모르긴 하지만 흥미 있는 상상일 것이다. 그리고 '바다'라는 어감에서 무한히 큰 것을 느낄 것은 퍽 자연스러운 감정이라 생각도 된다.

한 번 어느 자리에서 시인 지용은 말하기를 바다도 조선말 '바다'가 제일이라 하였다. '우미(うみ)'니 '씨(sea)'니보다는 '바다'가 훨씬 큰 것, 넓은 것을 가리키는 맛이 나는데, 그 까닭은 '바'나 '다'가 모두 경탄음인 '아'이기 때문, 즉 '아아'이기 때문이라 하였다. 동감이다. '우미'라거나 '씨'라면 바다 전체보다 바다에 뜬 섬 하나나 배 하나를 가리키는 말쯤밖에 안 들리나, '바다'라면 바다 전체뿐 아니라 바다를 덮은 하늘까지라도 총칭하는 말같이 크고 둥글고 넓게 울리는 소리다.

바다여
너를 가장 훌륭한 소리로 부를 줄 아는 우리에게 마땅히 예禮가 있으라.

지구의地球儀를 놓고 보면 육지보다는 수면이 훨씬 더 많다. 지구地球가 아니라 수구水球라야 더 적절한 명칭일 것 같다. 사람들이 육지에 산다고 저희 생각만 해서 지구라 했나 보다. 사람이 어족이었다면 물론 수구였을 것이요, 육대주라는 것도 한낱 새나 울고 꽃이나 피었다 지는 무인절도無人絶島들이었을 것이다. 여기다

포대砲臺를 쌓는 자 누구였으랴. 오직 「별주부전」의 세계였을 것을.

벌써 8월! 파도 소리 그립다. 파도 소리뿐인가 하면 그렇지도 않다. 이국 처녀들처럼 저희끼리만 지껄이되 일종의 연정이 가는 갈매기 소리들, 이동하는 '파이프 오르간', 기선의 기적들, 그리고

"언제 여기 오셨세요? 얼마 동안 계십니까? 산보하실까요?"

오래간만에 만나는 사람들, 전차에서나 오피스에서 만날 때보다 모두 활발한 소리들.

저녁이면 슬픈 데도 바다다. 파도 소리에 재워지는 밤엔 흔히 꿈이 많았다. 꿈을 다시 파도 소리에 깨워지는 아침, 멀리 피곤한 기선은 고동만 틀고.

우리의 육안이 가장 먼 데를 감각하는 데도 바다다. 구름은 뭉게뭉게 이상향의 성곽처럼 피어오르고 물결은 번질번질 살진 말처럼 달리는데

"허 어떻게 가만히 서만 있는가?"

뛰어들어 비어飛魚가 되자. 셔츠라도 벗어 깃발을 날리자. 쨍쨍한 모새밭 새 발자국 하나 나지 않은, 새로 탄생한 사막의 미美! 뛰고 또 뛰고……

"오—"

"어—"

"아—"

소리쳐도, 암만 기운껏 소리쳐도 파도 소리에 묻혀 그 거친 목소리 부끄러울 리 없도다.

바다는 영원히 희랍希臘으로 즐겁다.

가을 꽃

미닫이에 불벌레 와 부딪는 소리가 째릉째릉 울린다. 장마 치른 창호지가 요즘 며칠 새 팽팽히 켱겨진 것이다. 이제 틈나는 대로 미닫이 새로 바를 것이 즐겁다.

미닫이를 아이 때는 종이로만 바르지 않았다. 녹비鹿皮 끈 손잡이 옆에 과꽃과 국화와 맨드라미 잎을 뜯어다 꽃 모양으로 둘러놓고 될 수 있는 대로 투명한 백지로 바르던 생각이 난다. 달이나 썩 밝은 밤이면, 밤에도 우련히 붉어지는 미닫이의 꽃을 바라보면서 그것으로 긴 가을밤 꿈의 실마리를 삼는 수도 없지 않았다.

과꽃은 가을이 올 때 피고 국화는 가을이 갈 때 이운다. 피고 지는 데는 선후가 있되 다 마찬가지 가을 꽃이다.

가을 꽃, 남들은 이미 황금열매에 머리를 숙여 영화로울 때, 이제 뒷산머리에 서릿발을 쳐다보면서 겨우 봉오리가 트는 것은 처녀로 치면 혼기가 훨씬 늦은 셈이다. 한恨되는 표정, 그래서 건강한 때도 이윽히 들여다보면 한 가닥 감상이 사르르 피어오른다.

감상感傷이긴 코스모스가 더하다. 외래화外來花여서 그런지 그는 늘 먼 곳을 발돋움하며 그리움에 피고 진다. 그의 앞에 서면 언제든지 영녀취미令女趣味의 슬픈 로맨스가 쓰고 싶어진다.

과꽃은 흔히 마당에 피고 키가 낮아 아이들이 잘 꺾는다. 단춧구멍에도 꽂고 입에도 물고 달아 달아 부르던 생각은, 밤이 긴 데 못 이겨서만 나는 생각은 아니리라.

차차 나이에 무게를 느낄수록 다시 보이곤 하는 것은 그래도 국화다. 국화라면 으레 진처사晉處士를 쳐드는 것도 싫다. 고완품古翫品이 아닌 것을 문헌치레만 시키는 것은 그의 이슬 머금은 생기를 빼앗는 짓이 된다.

요즘 전발電髮처럼 너무 인공적으로 피는 전람회용 국화도 싫다. 장독대나 울타리 밑에 피는 재래종의 황국이 좋고 분에 피었더라도 서투른 선비의 손에서 핀, 떡잎이 좀 붙은 것이라야 가을다워 좋고 자연스러워 좋다.

국화는 사군자의 하나다. 그 맑은 향기를, 찬 가을 공기를 기다려 우리에게 주는 것이 고맙고, 그 수묵필水墨筆로 주욱쭉 그을 수 있는 가지와, 수묵 그대로든지, 고작 누른 물감 한 점으로도 종이 위에 생운生韻을 떨치는 간소한 색채의 꽃이니 빗물 어룽진 가난한 서재에도 놓아 어울려서 더욱 고맙다.

국화를 위해서는 가을밤도 길지 못하다. 꽃이 이울기를 못 기다려 물이 언다. 윗목에 들여놓고 덧문을 닫으면 방안은 더욱 향기롭고 품지는 못하되 꽃과 더불어 누울 수 있는 것, 가을밤의 호사다. 나와 국화뿐이려니 하면, 귀뚜리란 놈이 화분에 묻어 들어왔다가 울어대는 것도 싫지는 않다.

가을 꽃들은 아지랑이와 새소리를 모른다. 찬 달빛과 늙은 벌레 소리에 피고 지는 것이 그들의 슬픔이요 또한 명예다.

여명黎明

우리는 불국사에서 긴긴 여름날이 어서 지기를 기다렸다. 더웁기도 하려니와 처음 뵈입는 석불을, 낮에도 밤에도 말고 여명 속에 떠오르심을 뵈이려 함이었다. 밤길 토함산을 올라 석굴암에 닿았을 때는 자정이 가까웠다. 암자에서 석굴은 지척이지만 우리는 굳이 궁금한 채 목침을 베었다.

산의 고요함은 엄숙한 경지였고 잠이 깊이 들지 못함은 소리 없는 여명을 놓칠까 함이었다. 우리들은 보송보송한 채 중보다도 먼저 일어나 하늘이 트기를 기다렸다.

하늘이 튼다는 것은 끔찍한 일이었다. 사람으로는 모래알만큼 작아서 기다리고나 있어야 할 거대한 탄생이었다. 몇만 리 긴 성에 화광火光이 뜨듯 동해 언저리가 벙긋이 금이 도는 듯하더니 은하색 광채가 번져 오르기 시작하는 것이다. 우리는 중을 앞세우고 조심조심 석굴로 올라왔다. 석굴은 아직 어두웠다. 무시무시하여 우리는 도리어 주춤거려 물러섰다. 아무도 무어라고 지껄이지 못하였다. 이윽고 공단 같은 짙은 어둠 위에 뿌연 환영幻影의 드러나심, 그 부드러운 돌 빛, 그 부드러우면서도 육중하신 어깨와 팔과 손길 놓으심, 쳐다보는 순간마다 분명히 알리시는 미소, 전신이 여명에 쪼여지실 때는, 이제 막 하강하신 듯, 자리 잡는 옷자락 소리 아직 풍기시는 듯.

어둠은 둘레둘레 빠져나간다. 보살들의 드리운 옷주름이 그어지고 도틈도틈 뺨과 손등들이 드러나고 멀리 앞산 기슭에서는 산새들이 둥지를 떠나 날아나간다. 산등성이들이 생선가시 같다. 동해는 아직 첩첩한 구름갈피 속이다. 그 속에서 한 송이 연꽃처럼 여명의 영주領主가 떠오르는 것이었다.

수목樹木

　몇 평 안되는 마당이나마 나무들과 함께 설 수 있음은 얼마나 감사한 일인가! 울타리 삼아 둘러준 십수 주株의 앵두나무를 비롯하여 감나무, 살구나무, 대추나무와 모란, 백화白樺의 한두 그루들, 이들은 우리집 모든 식구들이 다 떠받들어 옳은 귀한 손님들이다.

　우리에게 꽃을 주고, 우리에게 열매를 주고, 또 푸른 그늘과 그 맑은 향기를 주는 이들은, 우리에게서 받음은 아무 것도 없는 것이다. 가물면 물을 좀 주는 것이나, 추우면 몇 나무의 밑둥을 짚으로 싸주는 것쯤은, 그들이 우리에게 주는 그 아름다움과, 그 맛남과, 그 향기롭고 서늘함에 비겨 아무 것도 아닌 것이다. 실로 아무 것도 아닌 것이다. 어느 친구나 어느 당자인들 우리에게 이처럼 주기만 하고 받음이 없음에 태연할 것인가. 자연이 나무를 통하여 우리를 기르고 우리를 가르침은 크다.

　나무들은 아직 묵묵히 서 있다. 봄은 아직 몇천 리 밖에 있는 듯하다. 그러나 나무 아래 가까이 설 때마다 나는 진작부터 봄을 느낀다. 아무 나무나 한 가지 휘어 잡아보면 그 도틈도틈 맺혀진 눈들, 하룻밤 세우細雨만 내려주면 하루아침 따스한 햇발만 쪼여주면 곧 꽃피리라는 소근거림이 한 봉지씩 들어 있는 것이다.

봄아 어서 오라!

겨울나무 아래를 거닐면 봄이 급하다.

우리 식구들은 앵두가 익을 때마다, 대추와 감을 딸 때마다, 이 집이라기보다 마당을 우리에게 전하고 간 그전 주인을 생각한다. 더구나 감나무는 우리가 와서부터 첫열매가 열린 것이니, 그들은 나무만 심고 열매는 따지 못한 채 떠난 것이다. 남의 밭에 들어 추수하는 미안이 없지 않다. 나는 몇 번이나 프랑스 어느 작가의 「인도인의 오막살이」라는 작은 이야기 한 편을 생각하였다. 어떤 학자가 세계를 편답遍踏하며 진리를 찾는 이야기인데, 필경은 뜻을 이루지 못하고 돌아가는 길에서 폭풍우를 만나 한 인도인의 오막살이로 들어가게 되었다. 오막살이의 주인은 '파이리아'라는 인도 최하급의 천족으로서 그의 생활은 문화와 완전히 절연된 것이었다. 그러나 학자는 이 '파이리아'에게서 어느 고승거유高僧巨儒에게서도 얻지 못하였던 진리의 한 끝 실마리를 붙들게 되었다. 그들의 대화 중에 '파이리아'의 말로 다음과 같은 뜻의 구절이 아직 기억된다.

……나는 어디서 무슨 열매를 주워 먹든 반드시 그 씨를 흙에 묻고 옵니다.

그건 그 씨가 나서 자라면 내가 다시 와 따 먹자는 것이 아닙니다. 누가 와 따 먹든 상관없습니다. 오직 그렇게 함이 하늘의 뜻을 따르는 것일 뿐입니다…….

얼마나 쉽되, 거룩한 일인가! 우리 마당의 그전 주인도 그 '파이리아'와 같이 천의에 순하려 이 마당에 과실씨를 묻은 것인지 아닌지는 모르나, 아무튼 그들이 보기 좋고 맛있고 또 따는 재미만도 좋은 여러 과실나무를 우리에게 물려주고 감은 우리 식구들이 길이 잊을 수 없는 은혜다.

그러나 나는 또한 가끔 생각을 달리하여 얼마의 불만을 갖기도 한다. 내 과욕인지 모르나 그전 주인들이 작은 나무 여럿을 심었음을 만족하지 못한다. 나는 따먹는 것은 없더라도 작은 여러 나무보다는 큰 한 나무 밑에 거닐어보고 싶기 때문이다.

나무는 클수록 좋다. 그리고 늙을수록 좋다. 잔가지에 꽃이 피거나, 열매가 열어 휘어짐에 그 한두 번 바라볼 만한 아취雅趣를 모름이 아니로되, 그렇게 내가 쓰다듬어줄 수 있는 나무보다는 나무 그것이 나를, 내 집과 마당까지를 폭 덮어주어 나로 하여금 한 어린아이와 같이 뚱그래진 눈으로, 늘 내 자신의 너무나 작음을 살피며 겸손히 그 밑을 거닐 수 있는, 한 뫼뿌리처럼 높이 솟은 나

수목樹木

무가 그리운 것이다.

현인賢人, 장자長子들이 살던 마을이나 그들이 거닐던 마당에는 흔히는 큰 나무들이 선 것을 본다. 온양에 이 충무공이 사시던 마을에도 그가 활쏘던 언덕이라는 데 절벽과 같이 흰칠히 솟은 두 그루의 은행나무가 반은 고목이 되어 산 것을 보았다. 나는 충무공이 쓰시던 칼이나 활이나 어느 유품에보다 그 한 쌍 은행나무에 더 반갑고 더 고개가 숙여졌다.

늙기는 하였으되 아직 살기는 한 나무였다. 말이야 있건 없건 충무공과 더불어 한때를 같이한 것으로 아직껏 목숨을 가진 자— 그 두 그루의 은행나무뿐이다.

나무는 긴 세월을 보내며 자랄 대로 자랐다. 워낙 선 곳이 언덕이라 여간 팔힘으로는 풀매를 쳐 그 어느 나무의 상가지도 넘길 것 같지 않았다. 이렇게 높고 우람한 거목이기 때문에 좋았다. 아무리 충무공이 손수 심으신 것이라 하여도 그 나무가 졸망스런 상나무나 반송盤松 따위로 석가산石假山의 장식거리나 될 것이었으면 그리 귀할 것 아니었다. 대무인大武人의 면목답게 허공에 우뚝 솟기를 산봉우리처럼 하였으니 머리가 숙여지는 것이었다.

다못 한 그루의 나무라도 큰 나무 밑에서 살고 싶다. 입맛을 다시며 낮은 과목 사이에 주춤거림보다는 빈 마음 빈 기쁨으로 오직 청풍이 들고날 뿐인 휘영청한 옛 나무 아래를 거닐음이 얼마나 더

고상한 표정이랴! 여름에는 바다 같은 그 깊고 푸른 그늘 속에 살고 가을에는 마당과 지붕이 온통 그의 낙엽으로 묻혀 보라. 얼마나 풍성한 추수리요! 겨울밤엔 바람소리, 얼마나 우렁차리요! 최대 풍금의 울림일 것이다. 실낱 같은 목숨이나마 그런 큰 나무 밑에 쉬어, 먼 하늘이 별빛을 바라보며 앞날을 생각하고 싶은 것이다.

정축丁丑 정월 하한下澣

매화梅花

차갑더라도 풀 먹인 옷은 다듬잇살이 올라야 하고 덧문까지 봉
하더라도 차야만 겨울맛이라. 저녁상에 된장이 향그러운 날은 으
레 바깥날이 찼고, 수선水仙이 숭늉 김에 얼었던 고개를 들고 안해
의 붉은 손이 동치미 그릇에서 얼음쪽을 골라내는 것은 먹어봐야
만 느낄 맛이 아니러라. 겨울이 너무 차다는 것은 우리의 체온이
너무 뜨거운 때문, 우리 역시 상설霜雪이나 매화 같을 양이면 겨울
이 더워선들 어찌하랴.

앞산 눈이 여러 날째 한빛이라 마루에서 산 가까운 것이 답답
할 때도 있으나 요즘 같아선 우리 마당을 위해 두른 한 벌 병풍이
다. 어스름한 송림과 흰칠한 잡목숲이 모인 덴 모이고 성긴 덴 성
기어서 그 소밀疎密의 조화는 완연 수묵체水墨體의 필법으로 산그
늘이 바야흐로 짙어갈 즈음 어성어성 이 골짜기를 찾아드는 맛은,
나귀는 못 탔을망정 맹호연孟浩然의 탐매정취探梅情趣가 없지 않

은 바러라.

겨울이 차야 하되 매화를 뜰에 심을 수 없도록 찬 것은 지나쳤다.

前村深雪裏 앞 마을 깊은 눈 속에
昨夜一枝開 간 밤 한 가지 꽃을 피웠네.

이런 시를 보면 매화는 설중雪中에서 피는 것이 본성이런만 서울 추위는 상설霜雪까지라도 얼리니 매화도 꽃인 데야 더욱 어찌하랴! 매화를 좋아함은 우선 옛 선비들의 아취를 사모하는 데서부터려니와 지난 가을에 누구의 글인지는 모르나,

散脚道人無坐性 떠돌이 도인은 앉았는 법 없는데
閉門十日爲梅花 열흘 간 문 닫고 있음은 매화를 위해서라.

란 완서阮書 한 폭을 얻은 후로는 어서 겨울이 되어 이 글씨 아래 매화 한 분盆을 이바지하고 폐문십일閉門十日을 해보려는 것이 간절한 소원이었다.

매화란 고운 꽃이기보다 맑은 꽃이요 달기보다 매운 꽃이라. 그러므로 색 있는 것이 그의 자랑이 못 되는 것이요 복엽複葉이

그에게는 무거운 옷이라. 단엽백매單葉白梅를 찾으려 꽃이 피기 전부터 다닌 것이 도리어 탈이었던지, 봉오리 맺힘이 적고 빛깔이 푸르기만 한 것으로 골라 사왔더니, 봉오리는 차츰 붉어지고 피는 것을 보니 게다 복엽까지라 공작과 같은 난만爛漫은 있을지언정 제 어찌 단정학丹頂鶴의 결벽潔癖을 벗할 수 있으리요! 적이 실망하지 않을 수 없으나 그러나 하루아침 크게 놀란 것은 집안 사람이 온통 방심하여 영하 십 도가 넘는 날 밤 덩그런 누마루에 그냥 버려두어 수선과 난초는 얼어 중상重傷이 되었으나 홍매紅梅라도 매화만은 송이마다 꽃술이 총기 있는 계집애 속눈썹처럼 또릿또릿해 주인을 반기지 않는가!

국화를 능상凌霜이라 하나 매화의 고절苦節을 당치 못할 것이요, 매화를 백천百千 분盆 놓았더래도 난방이 완비되었으면 매화의 고절을 받아보기 어려우리라. 절개란 무릇 견디기 어려움에서 나고 차고 가난한 데가 그의 산지山地. 인정이니 생활이니 복이니 함도 진짜일진댄 또한 고절의 방역方域을 벗어나 찾기는 어려울 줄 알러라.

어서 올 겨울에는 지난 겨울에 찾지 못한 단엽백매를 그예 찾아보리라.

삶과 사람 사는 도리

죽음

그저께 아침, 우리 성북정에서는 이 봄에 들어 가장 아름다운 아침이었다. 개나리가 집집 울타리마다 웃음소리 치듯 피어 휘어지고 살구, 앵두가 그 뒤를 이어 봉오리들이 트는데, 또 참새들은 비개인 맑은 아침인 것을 저희들만 아노라고 꽃숲에 지저귀는데, 개울 건너 뉘 집에선지는 낭자한 곡성이 일어났다.

오늘 아침, 집을 나오는 길에 보니, 개울 건너 그 울음소리 나던 집앞에 영구차가 와 섰다. 개울 이쪽에는 남녀 여러 사람이 길을 막고 서서 죽은 사람 나가는 것을 바라보았다. 나도 한참 그 축에 끼어 서 있었다.

그러나 나의 눈은 건너편보다 이쪽 구경꾼들에게 더 끌리었다. 주검을 바라보며 죽음을 생각하는 그 얼굴들, 모두 검은 구름장 아래 선 것처럼 한 겹의 그늘이 비껴 있었다. 그 중에도 한 사나

이, 그는 일견에 '저 지경이 되고 살아날 수 있을까?' 하리만치 중해 보이는 병객이었다.

그는 힘줄이 고기 뱀처럼 일어선 손으로 지팡이를 짚고 가만히 서서도 가쁜 숨을 몰아쉬면서 억지로 미치는 듯한 무거운 시선을 영구차에 보내고 있었다. 나는 속으로 '옳지! 그대는 남의 일 같지 않겠구나!' 하고 측은히 그를 바라보았다. 그는 이내 눈치를 채었든지 나를 못마땅스럽게 한번 힐긋 쳐다보고는 지팡이를 돌리어 다른 데로 비실비실 가버렸다.

그 나에게 힐긋 던지는 눈은 비수처럼 날카로웠다. '너는 지냈니? 너는 안 죽을 테냐?' 하고 나에게 생의 환멸을 꼬드겨 놓는 것 같았다.

얼마 걷지 않아 영구차 편에서 곡성이 들려왔다. 그러나 고개를 넘는 길에는 새들만이 명랑하게 지저귀었다.

사람의 울음소리! 새들의 그것보다 얼마나 불유쾌한 소리인가!

죽음을 저다지 치사스럽게 울며불며 덤비는 것도 아마 사람밖에 없을 것이다.

죽음의 주위는 좀더 경건하였으면 싶었다.

발

아파 누웠으니 성한 사람들의 오며가며 하는 발들이 이상스러
워 보인다. 그 눈도 코도 없는 나섯 대가리가 한 몸에 붙은 것이
성큼성큼 다니는 것은 어찌 보면 처음 만나는 무슨 괴물 같기도
하다.

그리고 저렇게 보기 싫게 생긴 것이 사람의 발인가!도 생각된
다.

발은 정말 사람의 어느 부분보다도 보기 싫게 생겼다. 아무리
미인이라도 그의 발은 그의 얼굴만 못할 것이요, 또 손이나 가슴
이나 허리나 다리만도 못할 것이다. 사람의 발만은 확실히 잘생기
지 못했다. 발에 있어선 짐승의 것만 못한 것 같다. 개를 보아도
발은 그의 얼굴보다 훨씬 잘생겼다. 불국사에 있는 석사자石獅子
를 보아도 발은 그의 어느 부분보다 더 보기 좋았다.

생각하면 사람의 발은 못생긴 것뿐 아니라 가장 천대를 받는

것도 그것이다.

나도 그렇지만 아내를 보아도 제일 아끼지 않고 다스리지 않는 것이 발이다. 그래서 몸 가운데 제일 나이 많이 먹어보이는 부분이 먼저 발이 된다. 힘줄이 두드러진 것, 주름살이 굵은 것, 발은 손보다도 훨씬 먼저 늙는다.

그러나 다시 생각하면 발은 얼마나 고마운 것이랴! 눈이나 입처럼 그다지 아쉬운 것은 아닐는지 모르나 언제든지 제일 낮은 곳에서 제일 힘들여 모든 것을 받들고 서고 또는 다닌다.

차라리 눈보다 입보다 더 몇 배 고마운 것이 발이다. 어떤 때는 돌부리를 차고, 어떤 때는 가시나 그루에 찔리고, 찬물에, 풀숲에, 늘 먼저 들어서며 배암에게도 먼저 물리는 것이 발이 아닌가!

벽壁

뉘 집에 가든지 좋은 벽면壁面을 가진 방처럼 탐나는 것은 없다. 넓고 멀찍하고 광선이 간접으로 어리는 물 속처럼 고요한 벽면, 그런 벽면에 낡은 그림이나 한 폭 걸어놓고 혼자 바라보고 앉았는 맛, 더러는 좋은 친구와 함께 바라보며 화제 없는 이야기로 날 어둡는 줄 모르는 맛, 그리고 가끔 다른 그림으로 갈아 걸어보는 맛, 좋은 벽은 얼마나 생활이, 인생이 의지할 수 있는 것일까!

어제 K군의 입원으로 S병원에 가 보았다. 새로 지은 병실, 이등실, 세 침대가 서로 좁지 않게 주르르 놓여 있고 앞에는 넓다란 벽면이 멀찌가니 떠 있었다.

간접광선인 데다 크림빛을 칠해 한없이 부드럽고 은은한 벽이었다.

우리는 모두 좋은 벽이라 하였다. 그리고 아까운 벽이라 하였다. 그렇게 훌륭한 벽면에는 파리 하나 머물러 있지 않았다.

다른 벽면도 그랬다. 한 군데는 문이 하나, 한 군데는 유리창이 하나 있을 뿐, 넓은 벽면들은 모두 여백인 채 사막처럼 비어 있었다. 병상에 누운 환자들은 그 사막 위에 피곤한 시선을 달리고 달리고 하다가는 머무를 곳이 없어 그만 눈을 감아버리곤 하였다.

나는 감방의 벽면이 저러려니 생각되었다. 그리고 더구나 화가인 K군을 위해서 그 사막의 벽면에다 만년필의 잉크라도 한 줄기 뿌려놓고 싶었다.

벽이 그립다.

멀쩍하고 은은한 벽면에 장정 낡은 옛 그림이나 한 폭 걸어놓고 그 아래 고요히 앉아보고 싶다. 배광背光이 없는 생활일수록 벽이 그리운가 보다.

제3부 삶과 사람 사는 도리

조숙早熟

밭에 갔던 친구가,

"벌써 익은 게 하나 있네."

하고 배 한 알을 따다 준다.

이 배가 언제 따는 나무냐 물으니 서리 맞아야 따는 것이라 한다. 그런데 가다가 이렇게 미리 익어 떨어지는 것이 있다 한다.

먹어보니 보기처럼 맛도 좋지 못하다. 몸이 곧고 찝찝한 군물이 돌고 향기가 아무래도 맑지 못하다.

나는 이 군물이 도는 조숙한 열매를 맛보며 우연히 천재들이 생각났다. 일찍 깨닫고 일찍 죽는 그들이.

어떤 이는 천재들이 일찍 죽는 것을 슬퍼할 것이 아니라 했다. 천재는 더 오래 산다고 더 나을 것이 없게 그 짧은 생애에서라도 자기 천분天分의 절정을 숙명적으로 빨리 도달하는 것이라 하였다. 그러나 인생은 적어도 70, 80의 것이어니 그것을 20, 30으로 달

達하고 가리라고는 믿어지지 않는다.

　오래 살고 싶다.

　좋은 글을 써보려면 공부도 공부려니와 오래 살아야 될 것 같다. 적어도 천명天命을 안다는 50에서부터 60, 70, 100에 이르기까지 그 총명, 고담枯淡의 노경老境 속에서 오래 살아보고 싶다. 그래서 인생의 깊은 가을을 지나 농익은 능금처럼 인생으로 한번 흠뻑 익어보고 싶은 것이다.

　"인생은 즐겁다!"
　"인생은 슬프다!"

　어느 것이나 20, 30의 천재들이 흔히 써 놓은 말이다. 그러나 인생의 가을 70, 80의 노경에 들어보지 못하고는 정말 '즐거움' 정말 '슬픔'은 모를 것 같지 않은가!

　오래 살아보고 싶은 새삼스런 욕망을 느낀다.

성城

　아침마다 안마당에 올라가 칫솔에 치약을 묻혀 들고 돌아서면
으레 눈은 건너편 산마루에 끌리게 된다. 산마루에는 산봉우리 생
긴 대로 울멍줄멍 성벽이 솟기도 하고 떨어지기도 하여 있다. 솟은
성벽은 아침이 첫 화살을 쏘는 과녁으로 성북동의 광명은 이 산상
山上의 옛 성벽으로부터 퍼져 내려오는 것이다. 한참 쳐다보노라
면 성벽에 드리운 소나무 그림자도, 성城돌 하나하나 사이도 빤히
드러난다. 내 칫솔은 내 이를 닦다가, 성돌 틈을 닦다가 하는 착각
에 더러 놀란다. 그러다가 찬물에 씻은 눈으로 다시 한번 바라보면
성벽은 역시 조광朝光보다는 석양의 배경으로 더 아름다울 수 있
는 것을 느끼곤 한다.

　저녁에 보는 성곽은 확실히 일취이상一趣以上의 것이 있다. 풍
수風水에 그을린 화강암의 성벽은 연기 어린 듯 자욱한데, 그 반
허리를 끊어 비낀 석양은 햇빛이 아니라 고대 미술품을 비추는 환

등빛인 것이다.

나는 저녁 먹기가 아직 이른 때면 가끔 집으로 바로 오지 않고 성城 터진 고개에서 백악순성로百岳巡城路를 한참씩 올라간다.

성벽에 뿌리를 박고 자란 소나무도 길이 넘는 것이 있다. 바람에 날려 온 솔씨였을 것이다. 바람은 그 전에도 솔씨를 날렸으련만 그 전에는 나는 대로 뽑아버렸을 것이다. 지금에 자란 솔들은 이 성이 무용물이 된 뒤에 난 것들일 것이다. 돌로 뿌리를 박고 돌로 맞 벽을 쳐올려 쌓은 성, 돌, 돌, 모래 헤이듯 해야 할 돌들, 이 돌 수효처럼 동원되었을 그때 백성들을 생각한다면 성자성민야城者盛民也라 한 말과 같이 과거 문화물 중에 성처럼 전국민의 힘으로 된 것은 없을 것 같다.

팔도강산 방방곡곡에서 모여든, 방방곡곡의 방언들이 얼마나 이 산 속에 소란했을 것이며, 돌 다듬는 정 소리와 목도 소린들 얼마나 귀가 아팠을 것인가.

그러나 이제 귀를 밝히면 들려오는 것은 솔바람 소리와 산새 소리뿐, 눈을 들어 찾아보면 비치는 것은 다람쥐나 바쁘고 구름만이 지나갈 뿐, 허물어져 내린 성돌엔 앉아 들으나 서서 보나 다른 아무것도 없는 것이다.

멀리 떨어지는 석양은 성머리에 닿아선 불처럼 붉다. 구불구불 산등성이로 달려 올라간 성곽은 머리마다 타는 것이, 어렸을 때 자다 말고 나와본 산화山火의 윤곽처럼 무시무시하기도 하다. 그

러나 그도 잠시 꺼지는 석양일 뿐 아무것도 아니다. 고요히 바라
보면 지나가는 건 그저 바람이요 구름뿐이다. 있긴 있으면서 아무
것도 없는 것, 그런 것은 생각하면 이런 옛 성만도 아닐 것이다.

고독孤獨

댕그렁!

가끔 처마 끝에서 풍경風磬이 울린다.

가까우면서도 먼 소리는 풍경 소리다. 소리는 그것만 아니다. 산에서 마당에서 방에서 벌레 소리들이 비처럼 온다.

벌레 소리! 우는 소릴까! 우는 것으로 너무 맑은 소리! 쏴— 바람도 지난다. 풍경이 또 울린다.

나는 등을 바라본다. 눈이 아프다. 이런 밤엔 돋우고 낮추고 할 수 있어 귀여운 동물처럼 애무할 수 있는 남폿불이었으면.

지금 내 옆에는 세 사람이 잔다. 안해와 두 아기다. 그들이 있거니 하고 돌아보니 그들의 숨소리가 인다.

안해의 숨소리, 제일 크다. 아기들의 숨소리, 하나는 들리지도 않는다. 이들의 숨소리는 모두 다르다. 지금 섬돌 위에 놓여 있을 이들의 세 신발이 모두 다른 것과 같이 이들의 숨소리는 모두 한

가지가 아니다. 모두 다른 이 숨소리들을 모두 다를 이들의 발소리들과 같이 지금 모두 저대로 다른 세계를 걸음 걷고 있는 것이다. 이들의 꿈도 모두 그럴 것이다.

나는 무엇을 하고 무엇을 생각하고 앉았는가?

자는 안해를 깨워볼까, 자는 아기들을 깨워볼까, 이들을 깨우기만 하면 이 외로움은 물러 갈 것인가?

인생의 외로움은 안해가 없는 데, 아기가 없는 데 그치는 것일까. 안해와 아기가 옆에 있되 멀리 친구를 생각하는 것도 인생의 외로움이요, 오래 그리던 친구를 만났으되 그 친구가 도리어 귀찮음도 인생의 외로움일 것이다.

山堂靜夜坐無言　　산 집서 고요한 밤 말 없이 앉았자니
寥寥寂寂本自然　　적막하고 쓸쓸함은 본디 그러하더라.

얼마나 쓸쓸한가!

무섭긴들 한가!

무섭더라도 우리는 결국 이 요요적적寥寥寂寂에 돌아가야 할 것 아닌가!

명제命題 기타

명제

안해가 아이를 가지면 딸일는지 아들일는지는 아직 모르면서도 두 경우를 다 가정하고 미리부터 이름을 지어보는 것은 한 아비되는 이의 즐거움이 아닐 수 없다. 마찬가지로 작품에 있어서도 그렇다. 상想이 정리되기 전부터 떠오르는 것이 표제요, 또 표제부터 정하는 것이 광막한 상의 세계에 한 윤곽을 긋는 것이 되기도 한다. 새하얀 원고지 위에 표제를 쓰는 즐거움, 그것은 훌륭한 회화가 아닐 수 없다. 나중에 고치기는 할지언정 나는 번번이 표제부터 써놓곤 한다. 표제를 정하는 데 별로 표준은 없다. 콩트의 것은 경쾌하게, 신문소설의 것은 신선하고 화려하고 발음이 좋게 붙이는 것쯤은 표준이라기보다 자연스런 일이요, 단편에 있어서는 다만 내용을 솔직하게 대명代名시키는 데 충실할 뿐이다.

구상

동양소설에서는 『삼국지』유의 무용전武勇傳이기 전에는 서양에서처럼 고층건축과 같은 입체적 설계는 어렵다. 생활형식이 저들은 동적인데 우리는 정적이요, 저들은 입체적인데 우리는 평면적이다. 점잖은 인물이면 저들과 같이 결투를 청하거나 경마나 골프를 하지 않고 정자에 누워 반성하고 낚시질이나 바둑을 둔다. 이렇게 조용한 인물과 생활을 가지고 변화를 부린댔자 작자의 뒤스럭만 보이기가 십상팔구다. 왜 사소설이 많으냐? '이것은 작가들의 부기력이다' 이렇게 단정하는 것은 그 자신 역亦 약간의 부족이다. 동양화에서 입체감을 찾는 소리나 비슷하다. 구상, 이것은 동양 소설가들이 받는 최대의 고통일 것이다.

인물

내가 만드는 인물이라 내 마음대로 부릴 수 있으려니 했다가 몇 번 실패하였다. 얼굴이 생기고 말씨가 나와버리어 한번 성격이 결정만 되면 천하없는 작가라도 그 인물에게 끌려나가든지 그 인물을 잡아버리든지 두 가지 길밖에 없을 것이다. 사건의 발전을 봐서는 꼭 필요한 행동인데, 인물이 듣지 않는 경우가 여간 많지 않다. 사건은 완성시키지 못할지언정 인물을 어쩔 수는 없는 것이다. 작자가 예상한 사건을 원만히 행동해주는 인물, 그를 만나기 위해서는 복안腹案을 오래 끄는 시간 여유가 제일이라 생각한다.

사상

문예작품에서는 사상보다는 먼저 감정이다. 사상으로 명문화明文化하기 이전의 사상, 즉 사고를 거친 감정이라야 할 것이다. 흔히 작품의 생경성生硬性은 이미 상식화한 사상을 집어넣는 데 있다. 그러므로 사상가의 소설일수록 너무 윤리적이 되고 만다. 그린 작품은 아무리 대가의 것이라도 철학의 삽화격이어서 문학으로는 귀빈실에 참열參列하지 못할 것이다.

제재

잡기장이 책상에 하나, 가방에나 포켓에 하나, 서너 개 된다. 전차에서나 길에서나 소설의 한 단어, 한 구절, 한 사건의 일부분이 될 만한 것이면 모두 적어둔다. 사진도 소설에 나올 만한 풍경이나 인물이면 오려 둔다. 참고뿐 아니라 직접 제재로 쓰이는 수가 많다. 나는 사건보다 인물을 쓰기에 좀더 노력하는데, 사진에서 오려진 인물로도 몇 가지 쓴 것이 있다. 제재에 제일 괴로운 것은, 나뿐이 아니겠지만, 가장 기만하게, 가장 힘들여 취급해야 할 것일수록 모두 타산지석他山之石으로 내어던져야 하는 사정이다.

문장

'내 문장'을 쓰기보다는 될 수만 있으면 '그 작품의 문장'을 써보고 싶다. 우선은 '그 장면의 문장'부터 써보려 한다.

퇴고

소설만으로 전업을 못 삼는 것은 슬픈 일이다. 충분히 퇴고할 시간을 얻지 못한다. 이것은 시간에만 밀 것이 아니라 자신의 성의 문제가 될 것도 물론이다. 시간이 없다는 것으로 책임을 피하자는 것은 아니다.

아마 조선문단 전체로도 이대로 3년이면 2년을 나가는 것보다는 지금의 작품만 가지고라도 3년 동안 퇴고를 해놓는다면 그냥 3년보다 훨씬 수준 높은 문단이 될 것이라 믿는다.

병후病後

병

하 생활이 단조로운 때는 앓기라도 좀 했으면 하는 때가 있다. 감기 같은 것은 가끔 앓으나 병다운 맛이 적고 또 누구나 걸리는 속환俗患인 데다, 지저분한 병이기도 하다. 병이라도 좀 앓았으면 싶을 때마다 내가 생각한 것은 학질이었다. 벌써 8, 9년 전 동경에 있을 때 나는 2, 3년 동안 여러 직의 학질을 앓아보았는데, 나의 체험으로는 어느 병보다도 통쾌스러운, 일종의 스포츠미味를 가진 것이기 때문이다. 갑자기 떨리기 시작할 때의 그 아슬아슬함이란 적이 풀 패스가 되고 우리 피처가 투 스트라이크 스리 볼인 경우다. 그때 따스한 자리를 만나 이불을 푹 덮는 맛이란 어느 어버이의 품이 그리도 아늑하고 편안하고 또 그렇게도 다른 욕망이 눈곱만치도 없게 해줄 것인가! 그리다가도 그 소낙비 같은 변조와 정열! 더구나 그 열이 또한 급행열차와 같이 지나가버린 뒤의 밤 중의 적막, 연정처럼 비등沸騰하고, 연정처럼 냉각하고, 연정처럼 고독한 것이 미스 '말라리아'다! 그의 스피드, 그 스피드로 냉각지 대와 염열지대의 비행飛行. 그리고 나중의 빈 그라운드와도 같은 적막, 이것은 병을 앓았으되 한 연정과, 한 스포츠를 게임하고 난 것과도 흡사하다.

그런데 이런 말라리아는 다시 오지 않았고 시원치 않은 감기나 가끔 앓다가 이번에 어디서 아주 몰취미 극極한 상인常人들이 욕 으로나 주고받고 하는 따위에 걸려 5, 60일을 누워 있었다는 사실 은 좀 불명예의 하나다. 가가呵呵.

꽃

와석臥席한 지 30여 일에 이제 급한 증세는 지나갔다. 미열이 38도에서 오르내릴 뿐 마음은 피곤하나마 한가한 때였다. 무엇이 고 다른 것이 보고 싶었다. 책이나 신문은 아직 볼 정력이 없고 벽 이나 쳐다보니 늘 보던 그 벽이다. 싫증이 나도록 눈에 익은 그 그 림이요 그 글씨다. 눈은 감으면 답답한데 떠도 답답하다. 눈이 머 물러 푹 쉴 무엇이 그리웠다. 물처럼 시원히 씻어주는 무엇이 있 었으면 싶었다. 몇 점 안 되는 고기古器를 번갈아 내어놓고 바라보다 그것도 싫증이 났다. 그러던 하룻날 아침, 눈을 뜨니 정신이 번쩍 난다. 나의 시력이 가장 자연스럽게 던지어질 위치에 이채 찬연異彩燦然한 화원! 눈을 더듬어 가지를 헤이니 겨우 서너 송이의 카네이션이었다. 희고 붉고 연분홍인, 나의 눈은 주리었던 음식에보다 달았다. 꽃병을 좀더 가까이 가져오라 하고, 안해에게 누가 보낸 것이냐 물었다. 모두 꺼리는 병이었건만, 또 의사가 면회 사절을 시켰건만, 여러 고마운 친구들이 손수 여러 가지를 들고 찾아와 주었다. 이 꽃도 어느 친구가 가져온 것인가 하였더니 안해 자신이 나가 사온 것임을 알았다. 안해가 멀리 백화점으로 나가리 만치 내가 나았다는 것도 기쁜 일이거니와, 나는 이날처럼 안해에게 처녀 때와 같은 신선을 느껴본 적은 드물다. 서양 소녀와 같이 명랑한 카네이션은 병에 꽂히어서도 여러 날 웃고 있었다. 여러 날을 보아도 물리지 않게 하는 것은 꽃의 아름다운 성품이려니와, 그가 떨치는 그 맑고 향기로운 산소는 나의 코를 통하여 나의 차디찬 육신까지 훌륭한 보제補劑이기도 했다.

신념

나는 몹시 이번 병을 겁내었다. 심훈沈熏이 바로 이 병으로 그 건장建壯하기 그것의 표본 같던 몸으로도 일순간에 죽어버린 것을 생각하매, 생각뿐 아니라 그의 죽은 몸 옆에서 경야經夜하던 것과 화장하던 광경이 불과 20일 전의 것이라 꿈에도 자꾸 보이는 것은 그 광경이었다. 그런 데다 누울 무렵에 자주 펼쳐보던 책이 『종교적 인간』이란 것인데, 권말에 적힌 것을 보니 그의 저자가 바로 또 이병으로 요절한 청년학구靑年學究였다. 이런 불길한 기억들이 나를 은근히 압박한 때문이다.

이런 것들을 눈치챈 듯, 의사는 처음부터 나에게 약보다 먼저 신념을 권하였다. 콜레라 균을 발명한 독일의 의학자 코흐와 대립하여 균의 절대 세력을 부정하던 학자라고 이름까지 대면서 그는 배양균을 한 컵이나 마시었으되 죽기는커녕 아무렇지도 않았다 한다. 그가 코흐의 이론만을 이기려는 승부열에서가 아니요 균이 아무리 많이 들어가더라도 인체는 그것을 저항할 만한 능력이 있다는 신념을 자기는 굳게 가졌기 때문에 몇 억만 마리의 병균을 마시기부터 한 것이요, 또 마시었으되 얼마의 반응열反應熱만으로 이내 정상체를 회복한 것이라 이야기해 주는 것이었다. 나는 이 이야기에 얼마나 큰 힘을 얻었는지 모른다. "오냐 아무리 내 몸에 숱한 병균이 끓더라도 나의 굳센 정신력만 빛날 수 있다면 태양력太陽力 이상으로 살균할 수 있으리라" 믿게 되었다.

그러나 하룻밤은 거의 자정인 때인데 이 병으로는 최악의 병상이 나타나고 말았다. 며칠 뒤에 알았지만 내 자신은 그렇게 다량인 배설물이 전부 피였다는 것은 알지 못하였다. 의사에게 말을 하려 하나 혀가 굳어진다. 손이 시린 듯해서 들어보니 백지 같다. 얼마 안 있어서는 손을 들 수도 없거니와 손가락이나마 좀 움직여 보려니까 손가락들도 감각이 없어진다. 안해와 의사는 마루에서 무어라고 수군거린다. 수군거리다 들어와서는 의사는 외투를, 안해는 두루마기를 벗겨들고 또 모두 나가서는 이번에는 대문 소리만 내고 사라진다. 모두 구급약을 사러 가는 것인 줄은 의식했다. 그 다음에 안에서 누가 나를 지키려 나와 앉았었다고 하나 나는 그것을 전혀 모르고, 이렇게 혼자 죽나 보다 하였다. 그 죽나보다 생각이 들자 나는 벌써 의식력이 희박해졌다. 그랬기에 현실적인 유언류遺言類의 생각은 하나도 못하였다. 오직 캄캄해져 들어오는 의식을 일 분간이라도 더 밝은 채 끌고 나가려 싸운 듯했다. 그런데 놀라운 것은 그 안개 속 같은 싸움 속에서 완전히 들리는 의사의 말소리였다.

"신념을 가지십시오. 병은 죄악이 아니라 하나님의 시련이십니다."

하는.

나는 확실히 힘을 얻었다. "아직 죽을 때는 아니다. 내가 악한 일한 것은 없다." 단순하나마 굳센 정신력이 어디선지 솟아올랐음을 기억한다. 그 힘으로 나는 그 달무리 속 같은 흐릿한 의식이나마 아주 놓쳐버리지 않으려 싸워 나왔다. 1분, 2분, 그 지루한, 또 그 힘든 동안이 나중에 알고 보니 40분 동안이었으나 한 달이나 두 달의 거리처럼 아득하였다.

그러나 그 흐릿한 의식이란 가사假死에서의 혼백魂魄이었다. 의사에게 주사를 맞을 때에야 비로소 내 의식이 돌아온 것이다.

그 어두워만 들어오는 의식 속에서 그 평소에 귀에 박혔던 의사의 소리만 감각하지 못하였던들 나의 의식은 아주 어두워지고 말았을는지도 모른다. 또 그런 때 아주 어두워지고 마는 것이 죽음인지도 모른다. 의사의 신념설은 이 일발의 위기에서뿐 아니라 미리부터 또 나중에도 약서藥石 이상의 저항력이 된 것은 두말 할 것도 없다. 그리고 완전히 회복된 오늘에는 그분의 신념설이 무용의 것이냐 하면 그렇지는 않다.

병만을 고치는 것은 상의常醫요 성품까지를 고치는 것은 성의聖醫란 말이 있다.

진리

이번 나의 병에 주로 쓰인 약은 탕약湯藥들이다. 그 체온이 완전히 식어버리려고 하던 날 밤에도 지혈제와 포도당주사는 양약이었지만 밤으로 세 번을 달여 먹고 발바닥까지 뜨겁도록 새 체온을 얻기는 한약의 힘이었다. 이번 약의 주요한 몇 가지는 의사가 병세를 보아 다소 가미는 하였지만 원처방은 송나라 어떤 명의의 것이라 했다. 그 말을 듣고 나는 감격됨이 컸다. 까마득한 옛날의 이방異邦 사람 그가 그때의 종이에 그때의 필묵으로 적어 놓았을 처방으로 오늘의 이곳 내가 죽을 것을 산다는 것은 얼마나 기적과 같은 사실인가.

가치가 영원히 불멸하는 것은 진리다. 또한 그것은 선善임을 느낀다.

건강

나는 이번 병후에 완전한 건강이란 의심해본다. 나아갈 무렵 수십 일은 초저녁에 길어야 세 시간이나 네 시간을 잘 뿐, 그 긴긴 겨울밤을 뜬눈으로 밝히곤 하였다. 그 지루하던 시간에서 나는 몇 가지 소설 플롯을 생각하였다. 거의 전부가 슬픈 것들로서 그 인물들의 어떤 대화를 지껄여보다가는 내 자신이 그 주인공인 듯 흑흑 느끼고 울기를 여러 번 하였다. 자리에서 일어나는 날로 곧 집필하리라고 매우 만족하였던 것이 여러 가지였었다.

그러나 오늘 이렇게 붓을 들 수 있는 때 생각해보니 하나도 쓸 만한 것이 없다. 하나같이 안가安價의 감상물感傷物뿐이다. 불건강한 머리로 생각되었던 것이기 때문이리라 생각하였으나 그렇게 웃어버리고만 말 수 없는 것은, 건강한 때 그 머리로 쓴 것 중에도 뒷날에 생각하면 '이걸 소설이라고 썼나!' 생각되는 것이 많기 때문이다. 지금도 건강한 체하나 지금 쓴 글이 이후에도 또 "이걸 글이라고 썼나!" 소리를 내 자신에게서 받을 것이 없으리라 못할 것이다.

이렇게 생각하면 언제나 나의 머리에 완전한 건강이 생길 것인가? 한심스러워진다. 이것은 모든 범재凡才들의 비애일지도 모른다.

정축년丁丑年 5월 15일 밤

독자의 편지

내 변변치 못한 작품을 읽고 무슨 감상이든, 비록 불평이라도 적어 보내기까지 하는 관심, 나아가서는 후의를 나는 감사하지 않을 수 없는 것이다. 전에는, 어떤 편지에는 매우 감격되어 두 번 세 번 읽고 즉석에서 답장을 쓰기도 했다. 그때는 그만치 순진했었다고 할까 틈이 있었다고 할까, 답장을 해달라고 우표까지 넣어 보낸 것, 더구나 적년積年의 지기知己처럼 믿고 자기의 명예를 가리지 않고 딱한 사정을 의논하는 편지까지 등한히 밀어 던지었다가 결국은 피봉皮封까지 읽어버리고 만다. 이런 지금의 나는 그만치 반드러워졌다고 할까.

'모든 대답을 작품으로 하리라.'

최근에 받은 편지에 공개하고 싶은 것이 두어 장 있다. 한 장은 내용만 전언하겠다. 『문장文章』지에 나 호평을 박博한 최명익崔明翊씨의, 「심교心絞」에 나오는 종달새, 그 새는 종달새 같을 뿐, 여러 가지 새의 입내를 잘내어 이름이 '백련조百練鳥'라는 새라는 것, 그리고 연전에 내가 『조선일보』에 쓴 「만주기행」에 '만만적漫漫的'이란 말이 쓰였는데, 만漫자가 잘못으로 만만적慢慢的이 옳다고 넌지시 일러준 편지다. 이런 독자를 가짐은 참으로 다행한 일이다.

또 하나는 사연을 그대로 옮기겠다.

"헌 책을 뒤지다 이런 엽서를 찾아내었습니다.

'구조久阻하였습니다.

우리는 숭이동崇二洞으로 이사했습니다. 안해는 쌀 씻고, 나는 불 피우고…… 이제 마치 어린애들 소꿉질 같습니다. 인산因山 때 상경하십니까. 상경하시거든 꼭 들리셔서 우리가 지은 진지 좀 잡수시오. 그러나 단 술과 안주는 지참해야 됩니다. 하하하.

너무 오래되어서 수자數字로 문안합니다. 최제崔弟 학송鶴松'

최 선생의 첫 살림, 그 기쁨을 보는 것 같습니다. 저의 아버지께 온 편지인데 문헌으로 쓴다면 드려도 좋겠습니다."

서해曙海 형 생전에 가까이 따르던 친구의 한 사람으로서 얼마나 눈부신 소식인가! 얼마나 서해 형이 선명히 살아 있는가! 이 편지 답장만은 읽기가 바쁘게 써 부친 것을 독자여 탐貪 많은 자라 과히 나무람 마시라.

소띠 해[牛歲]

이웃에 한 고마운 부인이 있어 해마다 우리 집의 신수까지를 보아다 준다. 올해는 와서 내 새해 신수는, 고기가 개천에서 바다로 들어가는 격이더라 하였다. 단물에 있다 짠물로 들어가면 곧 죽을 수가 아니냐 하니, 그런 뜻이 아니요 군색한 데서 넓고 풍성한 데로 들어감을 이름이라 한다. 우리는 즐겁게 웃었다. 그런 것을 믿어서가 아니라 나쁘다는 것보다는 좋다는 것이 역시 좋다.

작년의 것은 잊었지만 좋은 것은 아니었다. 더구나 병자년이라고 모두 불안을 갖는 바람에 그 전 병자년을 살아도 못 본 우리도 덩달아 뒤숭숭해 하였다. 몇 달 안 되어 동경서는 2·26사건이 터지고, 이티오피아가 망해 들어가고, 스페인서 동란이 일어나고, 조선서는 예의 냉해冷害니 수해水害니가 액년厄年다웁게 벌어지고 말았다. 일시에 경영주를 잃어버리는 십수의 장로계 사학원私學園들, 이런 해가 몇 번만 거푸 찾아온다면 뿌리 깊지 못한 우리 문화는 송두리째 빠져 넘어질지 모른다. 작년은 전세계적으로 액년이었다.

개인으로도 이 해를 다복하게 지낸 이는 드문 듯, 모두들 병자년 탓이 많았다. 우리집도 병자년 탓을 얼마를 했는지 모른다. 반년이나 애를 썼다면 애를 써 쓴, 「성모聖母」를 출판해 볼까 하다 영구히 암장暗葬을 당하고 만 것, 다시 계속해 써볼 길이 아득한 「황진이黃眞伊」, 게다가 10월, 11월, 12월, 석 달을 걸려 세 식구가 한꺼번에 인줄만 늘이지 않았을 뿐, 악역惡疫을 겪은 것은, 액년극의 절정이었다. 병자년을 쥐해라 함은 무슨 근거에선지 모르나 쥐에게 무슨 덕을 바리리오.

그러나 다행히 세 식구가 다 자리를 털고 일어나 새 옷을 입고 새해를 맞이하는 날 아침 우리집의 기쁨은 신생新生 그것의 기쁨이었다. 더욱 새해는 쥐 따위 요망스런 좀짐승의 해가 아니라 어질고 우람스런 소의 해라 우리의 희망은 더욱 탐스러울 수 있었다. 게다가 새해 신수가 길하리라 하니 어찌 이 축년丑年을 맞는 느낌이 없으리오.

나는 어려서부터 소를 좋아한 셈이다. 말을 더 좋아하는 동무들이 많았으나 나는 말은 무서워서 곁으로 잘 가지도 못하였다. 그러나 소는 황소라도 그의 앞에 갈 수 있었다. 그의 눈은 그의 고삐를 잡은 사람의 눈보다 더 순해 보였다. 소는 타작섬을 싣고 올 뿐 아니라 떡고리나 엿동고리도 싣고 왔다. 더구나 할머니께서 해

주시던 콩쥐 팥쥐 이야기, 팥쥐는 저희 어머니가 새옷을 입혀 데리고 잔치 구경을 갔으나 콩쥐는 계모가 시킨 대로 구멍난 물독에 물을 길어다 채워야 하고 한 멍석이나 되는 벼를 찧어야 하는데, 물은 두꺼비가 도와 얼른 긷고 벼는 참새들이 와서 다 까고 까불러까지 주었다. 그러나 잔칫집에 입고 갈 옷이 없어 우는데 하늘에서 검은 암소 한 마리가 내려와 비단 옷과 비단 신뿐 아니라 타고 갈 가마까지 낳아주었다. 이야기가 거기 이를 때 내가 콩쥐인 듯 손뼉을 치게 기뻤던 것, 그 암소가 고맙던 것, 지금도 잊혀지지 않는 것이다. 더구나 내가 고아가 되어버렸을 때 남이 다 새옷을 입는 명절날이면 남몰래 하늘을 우러러 나에게도 그런 암소가 내려와 주었으면 하던 것은 나의 외롭던 소년 때의 비밀이기도 했다.

소탄 양반 꺼떡 꺼떡
말탄 양반 꺼떡 꺼떡

이것은 소나 말을 타고 가는 사람을 보고 어렸을 때 놀림삼아 부르던 노래다. 그런데 말보다는 소를 탄 사람을 보아야 이 노래를 부르기 좋던 것을 기억한다. 말은 말 그놈부터 무서운 데다가 타는 사람들도 대개는 순하지 않은 사람들이었다. 동네에선 모두들 굽실거리는 나리님짜리들이 말을 탔고, 읍에서는 헌병이 길다란 칼을 늘어뜨리고 탄 것을 가끔 보았다. 그래서 말탄 양반을 보고는 얼른 '말탄 양반 꺼떡 꺼떡'이 나와지지 않았다.

그런 무서운 사람들은 소는 잘 타지 않았다. 소를 탄 사람들은 흔히는 꼴단이나 비어 얹고 그 위에 가로 걸터앉아 휘파람이나 「이 팔은 청춘」이나를 부르며 가는 사람들이었다. '소탄 양반 꺼떡 꺼떡'을 부르며 놀리면 히죽 웃어주고 가버리는 사람 좋은 사람뿐이었다.

노자老子도 무섭지는 않은, 사람 좋은 사람이었는지 소를 잘 탄 듯하다. 노자의 출관도出關圖엔 소로 더불어 섰거나 앉았음을 본다. 그리고 말이나 당나귀 따위를 타거나 같이 선 것보다는 소편이 어딘지 더 도인의 신변으로서 어울려 보이는 것이다. 사람도 무서워할 경지를 초월한 이는 말은 부족하고 소라야 어울리나보다. 소가 말보다 더 큼을, 더 큰 것을 태울 수 있음을 이 점에서 느낄 수 있다.

소는 어질다. 그의 체력과 살과 뼈까지 우리에게 온전히 바치는 공리功利로가 아니라 그의 생김새가 동물 중에는 가장 어질어 보이는 것이다. 뿔이 있되 무기 같지는 않다. 몸이 크되 음흉스럽지 않다. 콩쥐 팥쥐 이야기에도 제일 어진 역할에 소를 내었다. 장자莊子 같은 이가 "나를 소라 부르면 소요, 말이라 부르면 말일지니라" 함은 세상에서 떠드는 시비선악是非善惡을 탓할 게 아니라는 뜻이거니와, 시是와 선善을 비유함에 소로써 하였다.

소는 어질어만 보이는 것으로 고만이 아니다. 늘 고요하다. 그 무념無念함이 이염양지以恬養志하는 도인, 장자長子의 풍이 있다. 그렇게 보임은 동서고금의 사람이 일반인 듯 『이솝 이야기』에도 소의 이야기가 많은데, 이런 것이 하나 있다.

한번은 모기란 놈이 날아다니다가 소의 뿔에 앉아 쉬었다. 얼마쯤 쉬어가지고 모기가 일어나 소에게 말을 붙이기를,

"너는 내가 네 뿔에 좀더 오래 앉아주었으면 좋겠지? 안 그렇다면 난 가버리겠다"

한즉, 소는 이렇게 대답하였다.

"어서 네 마음대로 해라. 나는 네가 언제 와 앉았는지도 몰랐다. 네가 간대시 내가 알 까닭이 있니?"

올해는 이런 소의 해다.

목수木手들

벼르고 벼르던 안채를 물자物資 제일 귀한 금년에, 더욱 초복初
伏에 시작해 말복末伏을 통해 치목治木을 하며 달구질을 하며 참
으로 집 귀한 맛을 골수에 느끼다.

목수 다섯 사람 중에 네 사람이 60객들이다. 그 중에도 '선다님'
으로 불리어지는 탕건 쓴 이는 70이 불원不遠한 노인으로 서울바
닥 목수치고 이 신申 선다님더러 '선생님'이라고 안 하는 사람은
없다 한다.

무슨 대궐 지을 때, 남묘南廟, 동묘東廟를 지을 때, 다 한몫 단단
히 보던 명수名手로서 어느 일터에 가든 먹줄만 치고 먹는다는 것
이다. 딴은 선재選材와 재단裁斷은 모두 이 선다님이 해놓는데, 십
여 간間 남짓한 소공사小工事이기도 하거니와 한 가지도 기록을
갖는 습관이 없이 주먹구구인 채 틀림없이 해내는 것만은 용한 일
이다.

나는 처음에 도급으로 맡기려 했다. 예산도 빠듯하지만 간역看役할 틈이 없다. 그런데 목수들은 도급이면 일할 재미가 없노라 하였다. 밑질까 봐 염려, 품값 이상 남기려는 궁리, 그래 일 재미가 나지 않고, 일 재미가 나지 않으면 일이 솜씨대로 되지 않는다는 것이다. 이런 솔직한 말에 나는 감복하였고 내가 조선집을 지음은 이조건축李朝建築의 순박, 중후한 맛을 탐냄에 있음이라. 그런 전통을 표현함에는 돈보다 일에 정을 두는 이런 구식 공인工人들의 손이 아니고는 불가능할 것임으로 오히려 다행이라 여겨 일급日給으로 정한 것이다.

　이들은 여러모로 시속時俗과는 먼 거리에 뒤진 공인들이었다. 탕건을 쓰고 안경집과 쌈지를 늘어뜨린 허리띠를 불두덩까지 늦추었고, 합죽선合竹扇에 일꾼으로는 비교적 장죽長竹인 담뱃대, 솜버선에 헝겊 편리화便利靴들이다. 톱질꾼 두 노인은 짚세기다. 그 흔한 '타월' 하나 차지 않았고, 새까만 미녕쪽으로 땀을 닦는다. 톱, 대패, 자귀, 먹통 모두 아무 상호도 붙지 않은 저희 수예품들이다. 그들의 이야기가 역시 구수해서 두어 가지 들은 대로 기록해 본다.

　"내 연전에 진고개루 가 일 좀 해보지 않았겠수. 아, 고찌 고찌 하는 말이 뭔가 했더니 인제 알구 보니 못[釘]이더랬어."

　"고찌가 못이야? 알긴 참 여불 없이 알어맞혔군 흥!"

"그럼 뭐람 고찌가?"

"고찌가 저기란 거야 저기…… 못은 국끼구."

"국끼…… 국끼가 요즘 천세라지?"

"여간해 살 수 없다더군……."

그들은 별로 웃지도 않고 말문이 이내 다른 데로 돌아갔다.

하루는 톱질꾼 노인들이 땀을 씻느라고 쉬었다가 물들을 마시었다.

"내 한 번 비싼 물 사 먹어봤지!"

"어디서?"

"저어 개명앞 가 일허구 오는데 그때두 복지경이었나봐. 일손을 떼구 집으루 오는데 목이 여간 말러야지. 마침 뭐라나 이름두 잊었어……. 그런데 참 양떡으루 만든 고뿐가 다 있습디다그려. 거기다 살짝 담아주는데 으수 덜물진 푸석얼음이야. 목구녕은 선뜩선뜩 허드군……."

"오, 거 앗씨구리로군 그래."

"무슨 구리래나…… 헌데 그런 날도적놈이 있어!"

"으째?"

"아 목젖이 착근착근하는 맛에 두 고뿔 먹지 않았겠수."

"을말 물었게?"

"고작 물에 설탕 좀 타 얼쿤 거 아니겠소?"

"그렇지. 물 얼음거지. 어디 얼음이나 되나. 그게 일테면 얼쿠다 못 얼쿤 게로구려."

"그러니 얼쿤 거래야 새 누깔만헌데루 물이 한 사발이나 들었을 거야? 그걸 숫제 이십 전을 물라는군!"

"이십 전! 딴은 과용이군."

"기가 안 막혀? 이십 전이면 물이 얼마야? 열 지게 안요? 물 스무 초롱 값을 내래. 그저…… 그런 도적놈이 있담!"

"앗씨구리란 게 워낙 비싸긴 허대드군."

"그래 여름내 그 생각을 허구 온 집안이 물을 다 맘대루 못 먹었수……."

"변을 봤구려!"

또 한번은.

"의사란 것두 무당판수나 마찬가진거!"

"으째?"

"병을 안대니 그런 멀쩡한 수작이 있담?"

"그러게 조화 속이지."

"요지경 속이 어떠우? 아, 무슨 수로 앓는 저두 모르는 걸 남의 속에서 솟은 걸 안대?"

"그렇긴 해! 무당판수두 괜한 것 같지만, 시월에 고산 한번 잘 지낼 거드군."

"그건 으째?"

"고사나 아님 우리네가 평생 떡맛 볼테요?"

이런 노인들은 왕십리 어디서 산다는데 성북동 구석에를 해뜨기 전에 대어와서 해가 져 먹줄이 보이지 않아야 일손을 뗀다. 젊은이들처럼 재빠르진 못하나 꾸준하다. 남의 일 하는 사람들 같지 않게 독실하다. 그들의 연장은 날카롭게는 놀지 못한다. 그러나 마음내키는 대로 힘차게 문지른다. 그들의 연장 자국은 무디나 미덥고, 자연스럽다. 이들의 손에서 제작되는 우리집은 아무리 요새 시쳇時體집이라도 얼마쯤 날림끼는 적을 것을 은근히 기뻐하며 바란다.

낚시질

요즘은 스포츠가 발달됨에 따라 낚시질까지 거기 넣어서 야구나 골프와 동일동석同日同席에서 말하는 것 같다.

이것은 스포츠의 그 타고난 쾌활한 성격의 사교일는지는 모르나 워낙 낚시질의 그윽한 맛은 육체적인 데보다는 정신적인 데일 것이다.

청산靑山이 앞에 솟았는데 그 밑으로 어떤 시내의 흐름이 둔덕이 편안하고 반석까지 있으니 걸음을 그곳에 머뭇거린다.

고요한 선비 여기에 하루 터를 잡음은, 반드시 고기떼를 엿보는 때문만은 아니다.

물의 편안함, 물의 장한長閑함, 물의 유유悠悠함, 물의 맑음―그것들과 사귐에 있는 것이다.

다음엔 고기와 사귐이다. 고기를 잡음이 아니라 고기와 사귀는 재미가 낚시질의 재미인 것이다.

고기를 잡기는 잡는 것이로되, 총사냥과 같지 않다. 포수는 짐승의 비명을 들으면서도 쫓아가며 불질을 하여서 그예 피를 보고야 마는 것이로되 낚시질엔 그런 살기등등함이 없는 것이다.

물론 고기를 죽이는 것은 사실이다. 그러나 낚시는 총부리와 같이 달아나는 것을 쫓아가며 그의 급소를 겨누는 것은 아니다. 맑은 혹은 흐린 물 속에서 고기 그것이 먼저 와 다루는 대로 이끄는 것이며 이끌어내다가 떨어뜨리는 경우라도 입맛을 한번 다실 뿐이다. 그리고 고기는 노루나 호랑이처럼 비명을 지르지 않는다. 꾸럼지에 끼여서나, 종댕이에 들어가서나 그들이 뻐르적거리는 것은 오직 보기 탐스러울 뿐, 조금도 처참한 동작으로는 보이지 않는 것이며, 또 그의 죽음이 고요하고 잠들듯함이 현인賢人과 같아 차라리 생사일여生死一如의 경境에서 노닐 수 있는 것이다.

그러므로 낚시질은 스포츠의 유類가 아니며 다시 사냥의 유도 아닌 것이다. 낚시질은 지방따라 물따라 다르고 거기 용어까지도 모두 다를 것이다. 나는 큰 강江에서는 살아보지 못했다. 하룻밤 비에도 물이 부쩍 늘었다 줄었다 하는 지도에는 그림도 이름도 없는 조그만 산골물에서 경험한 것이어서 내가 아는 낚시질 법이나 고기 이름도 자연 우리겟[鐵原] 산골물엣것임을 피치 못한다.

내가 아는 낚시질엔 대개 세 가지가 있다.

떰벙이

장마가 져서 붉은물이 나면 평상시면 돌 밑에만 엎드려 있던 미어기, 뱀장어, 쏘가리 같은 것이 먹을 것을 쫓아 물이 미뭉한 웅덩이로 나온다. 나오는 데도 낮에보다 밤에 더 잘 나옴으로 미어기, 쏘가리, 뱀장어를 상대로 거기 적당한 낚시를 만들어 밤낚시질을 가는 것이다. 낚싯대는 길 반쯤 되는 튼튼한 것으로 가는 물푸레도 좋다. 줄도 굵고 낚시도 크고 미끼는 용지렁이를 끼며 낚시 밑에는 밤톨만한 돌이나 납을 달아서 웅덩이에 담그는 것인데, 고기가 오면 아무리 가비얍게 주둥이를 건드려도 팽팽하게 켕겨든 줄과 대를 통하여 곧 손에 감전되는 것이니, 이것은 눈으로 보고 채이는 것이 아니라 손의 촉감으로써 '올치 인제 물고 달아난다!' 하게 될 때, 곧은 낚시로 채는 것이다. 그러면 묵직하고 뻐르적거리며 나오는 것은 미어기나 뱀장어가 아니면 쏘가리요 더러는 붕어도 물려 나오는데, 어쩌다 한번씩은 뱀도 물리어 낚시째 집어 내던지는 수도 있다. 이 낚시는 물에 넣을 때마다 떰벙 소리가 난다고 '떰벙이'라 한다. 맑은 맛은 없고 반딧불 숲에 앉아 도깨비 이야기를 즐기는 재미다.

당금질

이것은 대가 길고 줄이 가는 보통 낚시인데 한군데 가서 자리를 잡고 담그고 앉아 고기가 다루기를 기다리는 것이다. 미끼는 물 따라 다르다. 물이 흐려 붕어가 있을 듯하면 지렁이, 물이 맑아 모래무지나, 마자나, 꺽지, 어름치 같은 것이 있을 듯하면 물미끼와 새우, 된장가시 같은 것도 끼인다. 그리고 물은 상당히 깊으나 고기가 한군데 모이지 않아 낚시를 담글 만한 자리가 없으면 자리를 만들어야 한다. 물이 제일 덜 흐르고 깊이가 젖가슴에 찰 만한 데로 찾아 들어가서 발로 바닥을 한 간 넓이만 하게 골라놓는 것이다. 돌맹이는 다 밀어내고 보드라운 모래로만 깔리게 해놓고는 가운데를 조금 오목스럼하게 파놓는다. 그리고는 다시 나와 질흙과 깻묵을 큰 주먹만하게 한데 개어다가 자리 친 가운데다 떨구고 가라앉으면 발로 꼭꼭 모랫바닥에 눌러놓고 나오는 것이다. 그러면 바닥이 아늑하고 보드랍고 게다가 깻묵 냄새가 진동함으로 천객만래千客萬來다. 그러나 어떤 경우엔 깻묵만 파먹고 낚시는 건드리지도 않는 수가 없지 않으니 그런 때는 그날은 다른 자리로 갔다가 다음날 그 자리로 찾아오면 그때는 고객이 너무 많아 바쁘게 되는 것이다. 수수깡 속으로 달은 동댕이가 찌끗찌끗 들어가는 맛, 그런 때 이쪽 가슴의 뛰는 맛, 그러다 쑥 들어가기만 하면 실 끝에 옥척玉尺이 늠실거림은 한여름내 유쾌한 전설이 된다. 동댕이가 까딱도 안 하는 때는 건너편 산에 자지러지는 매아미 소리나 들으면서 도회에 남기고 온 그리운 사람의 생각도 괜찮은 것이다.

여울놀이

여울놀이는 장마가 들고 물이 줄어갈 때에, 그러나 평상시보다는 약 5할 가량 물살이 부풀 때 여울로만 다니면서 낚시를 흘리면서 날베리, 불거지 같은 여울고기를 잡는 것이다. 낚시는 대부터 경쾌한 것이라야 하고 줄도 가늘고 낚시도 작은 것이다. 미끼는 파리가 제일이다.

낚시질 중에 가장 잔재미가 있기는 이 여울놀이다. 첫째 물을 따라 자꾸 내려가니까 주위의 수석이 각각으로 변환되는 것이요, 고기가 없을 듯한 옅은 여울에서 거구세린巨口細鱗이 번쩍거리며 물결을 치며 끌려 나오는 것은 일종 요술과 같은 경이驚異다. 긴 여름날, 좌우청산左右靑山으로 긴 흐름을 좇아 역시 인생을 흘리며 한 오리 가냘픈 실낱에 은린銀鱗의 약동하는 탄력이란 육감치고는 선경仙境엣 것인 것이다.

고완古翫

어느 때나 윗자리가 어울리는 법은 아니다. 더러는 넌지시 말석에 물러섬도 겸양 이상 자기화장自己化粧이 된다.

우리 집엔 웃어른이 아니 계시다. 나는 때로 거만스러워진다. 오직 하나 나보다 나이 더 높은 것은, 아버님께서 쓰시던 연적硯滴이 있을 뿐이다. 저것이 아버님께서 쓰시던 것이거니 하고 고요한 자리에서 쳐다보면 말로만 들은, 글씨를 좋아하셨다는 아버님의 풍의風儀가 참먹 향기와 함께 자리에 풍기는 듯하다. 옷깃을 여미고 입정入定을 맛보는 것은 아버님이 손수 주시는 교훈이나 다름없다.

얼마 동안이었는진 모르나 아버님과 한때 풍상風箱을 같이 받은 유품遺品이다. 그 몸이 어느 땅[地] 흙에 묻힐지 기약 없는 망명객의 생활, 생각하면, 바다도 얼어 파도 소리조차 적막하던 '블라디보스토크'의 겨울밤, 흉중엔 무한한無限恨인 채 임종하시고 만 아버님의 머리맡에는 몇 자루의 붓과 함께 저 연적이 놓였던 것은 어렸을 때 본 것이지만 조금도 몽롱한 기억은 아니다. 네 아버지 쓰던 것으로 이것 하나라고, 외조모님이 허리춤에 넣고 다니시면서 내가 크기를 기다리시던 것이 이 연적이다. 분원사기分院砂器, 살이 담청淡靑인데 선홍반점鮮紅斑點이 찍힌 천도형天桃形의 연적이다.

고인古人과 고락苦樂을 같이한 것이 어찌 내 선친의 한 개 문방구뿐이리오. 나는 차츰 모든 옛 사람들 물건을 존경하게 되었다. 휘트먼의 노래에 "오 아름다운 여인이여 늙은 여인이여!" 한 구절이 가끔 떠오르거니와 찻종 하나, 술병 하나라도 그 모서리가 트고, 금간 데마다 배이고 번진 옛사람들의 생활의 때[垢]는 늙은 여인의 주름살보다는 오히려 황혼과 같은 아름다운 색조가 떠오르는 것이다.

조선시대 자기磁器도 차츰 고려자기만 못하지 않게 세계 애도계愛陶界에 새로운 인식을 주며 있거니와, 특히 이조의 그릇들은 중국이나 일본 내지內地 것들처럼 상품으로 발달되지 않은 것이어서 도공들의 손은 숙련되었으나 마음들은 어린아이처럼 천진하였다. 손은 익고 마음은 무심하고, 거기서 빚어진 그릇들은 인공이기보다 자연에 가까운 것들이다. 첫눈에 화려하지 않은 대신 얼마를 두고 보든 물려지지 않고 물려지지 않으니 정이 들고 정이 드니 말은 없되 소란騷亂한 눈과 마음이 여기에 이르런 서로 어루만짐을 받고, 옛날을 생각하게 하고, 그래 영원한 긴 시간선時間線

에 나서 호연浩然해 보게 하고, 그러나 저만이 이쪽을 누르는 일 없이 얼마를 바라보든 오직 천진한 심경이 남을 뿐이다.

이적선李謫仙은 경정산敬亭山에 올라,

衆鳥高飛盡　뭇 새들 높이 날아 사라져 가고

孤雲獨去閑　외론 구름 호올로 한가로이 떠나네.

相看兩不厭　서로 보아 둘이 다 물리지 않는 것은

只有敬亭山　경정선 바로 너 뿐이로구나.

이라 읊었다. 새처럼 재재거리던 아이들은 다 잠든 듯, 안해마저 고운孤雲처럼 자기 침소로 돌아간 후, 그야말로 상간양불염相看兩不厭하여 저와 나와 한가지로 밤 깊는 줄 모르는 것이 이 고완품들이다.

시대가 오랬다 해서만 귀하고 기교와 정력精力이 들었다 해서만 완상翫賞할 것은 못된다. 옛물건의 옛물건다운 것은 그 옛사람들과 함께 생활한 자취를 지녔음에 그 덕윤德潤이 있는 것이다. 외국의 공예품들은 너무 지교至巧해서 손톱 자리나 가는 금 하나만 나더라도 벌써 병신이 된다. 비단옷을 입고 수족이 험한 사람처럼 생활의 자취가 남을수록 보기 싫어진다. 그러나 우리 조선시대의 공예품들은 워낙이 순박하게 타고나서 손때나 음식물에 쩔을수록 아름다워진다. 도자기만 그렇지 않다. 목공품 모든 것이 그렇다. 목침, 나막신, 반상飯床, 모두 생활 속에 들어와 사용자의 손때가 묻을수록 자꾸 아름다워지고, 서적도 요즘 양본洋本들은 새것을 사면 그날부터 더러워 만지고 보기 싫어지는 운명뿐이나, 조선책들은 어느 정도 손때에 절어야만 표지도 윤택해지고 책장도 부드럽게 넘어간다. 수일 전에 우연히 대혜보각사大蕙普覺師의 「서장書狀」을 얻었다. 4백여 년 전인 가정연간嘉靖年間의 판板으로 마침 내가 가장 숭앙崇仰하는 추사 김정희金正喜 선생의 보던 책이다. 그의 장인藏印이 남고 그의 친적親蹟인진 모르나 전권에 토가 달리고 군데군데 주역註譯이 붙어 있다. 「서장」은 워낙 난해서難解書로 한 줄을 제대로 음미할 수 없지마는 한참 들여다보아야 책제冊題가 떠오르는 태고연太古然한 표지라든지 장을 번지며 선인들의 정독한 자취를 보는 것이나 또 일획일자를 써서 사란絲欄을 쳐가며 칼을 갈아가며 새기기를 몇 달 혹은 몇 해를 해서 비로소 이 한 권 책이 되었을 것인가 생각하면 인쇄의 덕으로 오늘 우리들은 얼마나 버릇없이 된 글, 안 된 글을 함부로 박아 돌리는 것인가 하는, 일종 참회를 느끼지 않을 수 없는 것이다.

고완 취미를 부자나 은자隱者의 도일渡日거리로만 보는 것은 속단이다. 금력으로 수집욕을 채우는 것은 오락에 불과한 것이요, 또 제 눈이 불급不及하는 것을 너무 탐내는 것도 허영이다. 직업적이어선 취미도 아니려니와 본대 상심낙사賞心樂事란 무위無爲와 허욕과 더불어서는 경지를 같이 하지 않을 것이라 생각한다.

제3부 삶과 사람 사는 도리

고완품古翫品과 생활

무슨 물품이나 쓰지 못하게 된 것을 흔히 '골동품'이라 한다. 이런 놈은 물품에뿐 아니라 사람에게도 쓴다. 현대와 원거리의 사람, 그의 고졸古拙한 티를 사람들은 골동품이라 놓한다. 골동이란 말은 마치 '무용' '무가치'의 대용어같이 쓰인다. 그래 이 대용 개념은 가끔 골동품 그 자체뿐 아니라 골동에 애착하는 호고인사인신好古人士人身에까지 미친다. 골동을 벗하는 사람은 인간 그 자체가 현실적으로 무용, 무가치의 사람이란 관념, 적이 맹랑한 수작이 되어버린다.

'골동骨董'이란 중국말인 것은 물론, '고동古董'이라고도 하는데 실은 '고동古銅'의 음전音轉이라 한다. 음편音便을 따라 번쩍하면 딴 자字를 임의로 끌어다 맞추고, '무엇은 무엇으로 통한다' 식의 한문의 악습은 이 '고동古銅'에도 미쳐버렸다. '고古'자는 추사秋史 같은 이도 얼마나 즐기어 쓴 여운 그윽한 글자임에 반해, '골

'骨'자란 얼마나 화장장에서나 추릴 수 있을 것 같은 앙상한 죽음의 글자인가! 고완품들이 '골동', '골'자로 불려지기 때문에 그들의 생명감이 얼마나 삭탈을 당하는지 모를 것이다. 말이란 대중의 소유라 임의로 고칠 수는 없겠지만, 나는 될 수 있는 대로 '골동' 대신 '고완품'이라 쓰고 싶다.

요즘 '신식'에 멀미 난 사람들이 청년층에도 늘어간다. 이 일종 고전열古典熱은 고완품 가街에도 나타난다. 4, 5년 전만 하여도 고완점에서 우리 젊은 패는 만나기가 힘들었다. 일세기나 쓴 듯한 퇴색한 '나까오리'를 벗어놓고는 으레 허리부터 휘어가지고, 돋보기를 꺼내 쓰고서야 물건을 보기 시작하는 노인들이 대부분이었었다. 그런데 요즘은 양품점에서나 만나던 젊은 신사들을 고완점에서 만나기가 그리 어렵지 않다. 고완점을 매우 신선케 하는 좋은 기풍이다.

노인에게라고 생 예찬生禮讚의 생활이 없다는 것은 아니나, 노인이 고기古器를 사는 것을 보면 어쩐지 상포喪布 흥정과 같은 우울을 맛보는 것이 사실이었다.

젊은 사람이 그야말로 완물상지玩物喪志하는 것도 반성해야 할 것이다. 그렇지 않아도 각 방면으로 조로무老하는 동양인에게 있어서는 청년과 고완이란 오히려 경계할 필요부터 있을는지 모른다. 조선의 고완품이란 서화 이외의 것으로는 대체가 도자기, 그 중에도 이조기李朝器들이다. 약간의 문방구 이외에는 부녀자의 화장기구가 아니면 부엌 세간이다. 찻종이나 술병 역시 부엌 세간이다. 그런데 어느 호고인好古人치고 자기 방에 문방구뿐만은 아니다. 나물이나 전여를 담던 접시가 곧잘 벽에 걸리었고, 조청이나 밀가루가 담기었던 항아리가 명서名書, 명화名畵 앞에 어엿이 정좌하여 있다. 인주갑印朱匣, 필세筆洗, 재떨이 같은 것도 분기粉器, 소금합, 시저통匙箸桶 따위가 환생하여 있다. 워낙이야 무엇의 용기였던 그의 신원, 계급을 캘 필요는 없다. 선인들의 생활을 오래 이바지하던 그릇으로 더불어 오늘 우리의 생활을 담아본다는 것은 그거야말로 고전이나 전통이란 것에 대한 가장 정당한 '해석'인는지 모른다. 그러나 부녀자의 세간살이를 이모저모 가려가며 사랑에 진열하는, 그 사랑 양반은 소심세경小心細徑에 빠지기 체껭 쉽다. 천하의 풍운아들이 보기에 좀스럽지 않을 수 없는 것이다. '술 따르고 시 지으며 생각하다가, 꽃 심고 돌 옮기니 절로 은근하구나(酌酒賦詩相料理, 種花移石自殷動)'의 묘미에 빠져버리고 남음이 없기가 쉬운 것이다. 그림 하나를 옮겨 걸고, 빈 접시 하나를 바꿔놓고도 그것으로 며칠을 갇혀 넉넉히 즐길 수 있게 된다. 고요함과 가까움에 몰입되는 것이다. 호고인들의 성격상 극도의 근시적 일면이 생기기 쉬운 것도 이러한 연유다. 빈 접시요, 빈 병이다. 담긴 것은 떡이나 물이 아니라 정적과 허무다. 그것은 이미 그릇이라기보다 한 천지요 우주다. 남 보기에는 한낱 파기편명破器片皿에 불과하나 그 주인에게 있어서는 무궁한 산하요 장엄한

가람伽藍일 수 있다. 고완의 구극경지究極境地도 여기겠지만, 주인 그 자신을 비실용적 인간으로 포로捕虜하는 것도 이 경지인 줄 알지 않으면 안 된다.

젊은 사람이 '현대'를 상실하는 것은 늙은 사람이 고완경古翫境을 영유치 못함만 차라리 같지 못하다.

노유老儒에게 있어 진적珍籍은, 오직 '소장所藏'이라는 것만으로도 명예의 유지가 된다. 그러나 젊은 학도에겐 『삼대목三代目』 같은 꿈의 진서珍書를 입수했다 치자. '소장'으로는 차라리 불명예일 것이다. 고완의 경지만으로도, 물론 취미 중엔 상석이다. 그러나 '소장'만 일삼아선 오히려 과욕을 범한다. 완상阮賞도 어느 정도의 연구 비판이 없이는 수박 겉 핥기라기보다, 그 기물器物의 정체正體를 못 찾고 늘 삿邪된 매력에만 끌릴 것이요, 더욱 스스로 지기志氣를 저상沮喪하는 데 이르러는 여간 큰 해害가 아닐 것이다.

고전이라거나, 전통이란 것이 오직 보관되는 것만으로 그친다면 그것은 '죽음'이요 '무덤'일 것이다. 우리가 돈과 시간을 들여 자기의 서재를 묘지화시킬 필요는 없는 것이다.

청년층 지식인들이 도자陶磁를 수집하는 것은, 고서적을 수집하는 것과 같은 의미를 나타내야 할 것이다. 완상이나 소장욕에 그치지 않고, 미술품으로, 공예품으로 정당한 현대적 해석을 발견해서 고물古物 그것이 주검의 먼지를 털고 새로운 미美와 새로운

생명의 불사조가 되게 해주어야 할 것이다. 거기에 정말 고완의
생활화生活化가 있는 줄 안다.

고완품古翫品과 생활

제 4 부

왜 글을 쓰는가

소설의 맛

소설을 읽는 데 무슨 법이 있을 리 없다. 그러나 수박과 같은 단순한 과실을 먹는 데도 겉핥기란 말이 있다. 잘못 읽으면 소설은 겉도 제대로 핥지 못하는 경우가 있을 것이다.

그 소설을 원만히 이해하거나 음미하는 데 누구의 말을 듣는 것이 가장 첩경일까. 얼른 생각하면 그 소설의 작자일 것 같고 일류의 비평가일 것도 같다. 그러나 모두 나 자신(독자)으로 아는 것만 못하다. 작자란 자기 작품일수록 어둡다. 작자가 주의시키는 대로만 읽으면 그 소설의 결점을 모르게 되고, 또 작자도 의식하지 못한 장점을 발견할 수도 없고, 크게는 그 작자 이상으로 문학에의 견식을 높일 수도 없을 것이다. 독자의 대변자라 볼 수 있는 평론가도 결국 민중의 총화는 아니요 그도 그의 지성, 그의 감성에 국한된 개인으로의 존재라 그로서만 보는 각도가 있고, 그로서만 진찰하는 전문적 기술이 있다. 사람을 사귀는 데 반드시 관상

술이나 의학이 필요치 않듯이 독서로서는 그런 전문적 견식은 오히려 무미건조에 빠질 위험성만 있을지 모른다.

그러면 어떻게 소설을 읽을 것인가? 나는 간단히 한 가지 주의할 사실을 지적하려 한다. 소설도 다른 모든 예술과 함께 '표현'이라는 점이다.

주인공의 운명이 어떻게 될까? 이 사건의 결말이 어떻게 떨어질까? 이런 것은 다음 문제로 돌려도 좋다. 그런 것은 다 읽기만 하면 결국 알고 말 사실이다. 읽어 내려가면서 맛보고 즐기고 할 현대소설의 중요한 일면이 있는 것을 알아야 한다. 밀레의 「만종晚鐘」 같은 그림은 내용뿐이다. 젊은 부부가 종소리의 황혼을 배경으로 순결한 생활을 감사하는 극적인 내용 본위의 그림이기 때문에 대중이 알기 쉽고 즐기기 쉬운 그림이다. 그러나 고흐의 「해바라기」 같은 그림은 내용이란 해바라기꽃 몇 송이를 병에 꽂아 놓은 것뿐이다. 아무 극적인 것이 없다. 그래 일반 대중은 그 그림의 맛을 모른다. 그러나 명화로 치는 그림이다. 고흐가 해바라기를 어떻게 보았나? 어떻게 표현했나? 그 선과 그 색조에 고흐의 개성 눈과 고흐의 개성 솜씨가 있는 것이다. 소설에도 그것이 있다. 내용에만 소설의 전부가 있는 것은 아니다. 교양 수준이 일률적으로 높아 가는 현대인은 너무나 똑같은 사람들이 많다. 그래 무엇이나 자기의 존재를 드러내려면 개성을 강조하지 않을 수 없게 되었고 또 개성과 개성의 교제처럼 현대인의 생활 발전에 필요한 것은 없다. 소설작가도 하고 많아졌다. 모두 똑같은 작가들이라면 무의미하다. 자기 색채를 의식적으로 강조하는 작가가 자꾸 늘어가고 있고, 그들의 독특한 일가풍이 아닌게아니라 과거 소설에서 맛볼 수 없는 맛을 낸다. 이 맛이란 흔히 그의 눈과 손에 달려 있는 것이다. 인생을 소설로 다루는 작가의 솜씨를 맛볼 줄 알아야 현대소설을 완전히 음미하는 것이라 할 것이다. 물론 내용이란 엄연한 존재다. 그것을 무시하는 것은 소설의 위기다. 그림은 선과 색채만 있으면 그림으로 의미가 있을지 모르나 소설은 내용이 없으면 그냥 문자일 뿐이다. '그 내용에 그 형식'이 소설의 이상이다. 내용이 형식에 승勝해도 병이요, 형식이 내용에 승勝해도 병이다. 내용만 맛보아도 잘못 읽는 것이요 형식만 맛보아도 못 읽은 것이다. 그런데 대다수의 독자는 내용만을 맛볼 줄밖에 모르니까 소설도 표현이라는 점에 특히 주의를 하라는 것이다. 표현에 무관심하고는 그 소설에서 작가가 가장 애쓴 것의 하나를 완전히 모르고 나갈 수밖에 없을 것이다.

누구를 위해 쓸 것인가

　우리는 며칠 전에 김유정金裕貞, 이상李箱 두 고우故友를 위해 추도회追悼會를 열었다. 세속적인 모든 것을 비웃던 그들이라 그런 의식을 갖기 도리어 미안스러웠으나 스노비즘을 벗지 못한 이 남은 친구들은 하루 저녁의 그런 형식이나마 밟지 않고는 너무 섭섭해서였다.

　생각하면 우리 문단이 있어온 후 가장 슬픈 의식이라 할 수 있다. 한 사람을 잃는 것도 아픈 일인데, 한 번에 두 사람씩, 두 사람이라도 다같이 그 존재가 귀중하던 사람들, 그들이 한 번에 떠나버림은 우리 문단이 빨리 가실 수 없는 상처라 하겠다. 최초의 작품부터 자약自若한 일가풍一家風을 가졌고 소설을 쓰는 것이 운명인 것처럼 만난萬難과 싸우며 독실일로篤實一路이던 유정, 재기며 패기며 산매와 같이 표일飄逸하던 이상, 그들은 가지런히 선두를 뛰던 가장 빛나는 선수들이었다.

이제 그들을 보내고 그들이 남긴 작품만을 음미할 때 같은 길을 걷는 이 벗의 가슴에 적이 자극刺戟됨이 한두 가지가 아니다.

최근 수삼 년 내에 우리 문학은 괄목할 만치 자랐다 하겠다. 내가 읽은 범위 내에서도 유정裕貞의 「봄 봄」, 이상李箱의 「날개」와 「권태倦怠」, 최명익崔明翊의 「비오는 길」, 김동리金東里의 「무녀도巫女圖」, 이선희李善熙의 「계산서計算書」, 정비석의 「성황당城隍堂」이다. 그 전에 보지 못하던 찬연한 작품들이다. 군데군데 거친 데가 있으면서도 대체로는 과거의 다른 신인들이나 또 어느 기성작가들의 초년작에서는 찾을 수 없는 쾌작快作들이었다. 신인들이 이만한 작품을 내어던지면 기성들은 신문소설에서는 별문제거니와 아직 정통예술의 무대인 단편계短篇界에서는 섣불리 붓을 잡을 용기가 없을 것이다. 통쾌한 일이다.

문단의 자리는 임자가 없다. 좋은 작품을 쓰는 이의 자리다. 흔히 지방에 있는 신진들은 자기의 지반地盤이 중앙에 없음을 탄歎한다. 약자의 비명悲鳴이다. 김동리는 경주, 최명익은 평양, 정비석은 평북에 있되 빛난다. 예술가는 별과 같아서 나타나는 그 자리가 곧 성좌星座의 일부분이다. 중앙의 우선권은 잡문雜文에밖에 없는 것이다. 잡문을 많이 써야 되는 것은 중앙인들의 차라리 불행이다. 잡문에 묻혀 썩는 사람들이 중앙이기 때문에 얼마나 많은지 멀리서 바라보라.

내가 여기서 쓰고 싶은 말은 이런 것은 아니다. 유정과 이상李

箱을 바라보며 또 이상以上의 신인들을 생각하며 공통적으로 내가 느껴진 바는 그들의 자신自信이다. 사회는 우리에게 무엇을 요구하는가? 대중은? 물론 이것을 생각하여야 한다. 이상과 같은 사람은 전혀 이런 것은 불문에 부친 것 같기도 하다. 그러나 얼른 그러했으리라고 단정하는 것은 경솔이다. 이 점을 이상처럼 고민한 사람도 적을 줄 안다. 다만 대중의 노예가 안 된 것뿐이다. 만일 이상이 자신에게서 사회의식성社會意識性이 그 아닌 것보다 더 승勝할 수 있는 성격을 진단했다면 그는 누구보다도 불꽃이 튀는 의식작품意識作品을 써냈을는지 모른다.

먼저 자신을 알면 모든 일에 있어 현명한 일이다. 작품은 개인의 뿌리에서 피는 꽃이다. 평론가는 여론에 무서움을 탈 경우가 많으리라. 그러나 작가에겐 여론이 어찌지 못할 것이다. 자기를 한번 정확하게 진단한 이상은 자기의 것을 자기의 투로 써서 천하에 떳떳이 내어놓을 것이다. 이상의 작가들에게서 그 떳떳함을 느낄 수 있는 것이 나는 무엇보다 즐거운 일이다. 목전에는 독자가 적어도 좋다. 아니 한 사람도 없어도 슬플 것이 없다. 그 고독은 그 작가의 운명이요 또 사명이다. 고독하되, 불리하되, 자연이 준 자기만을 완성해 나가는 것은 정치가나 실업가實業家는 가져보지 못하는 예술가만의 영광인 것이다.

모파상의 시대에도 여론의 침해가 작가들에게 심했던 모양으로 모파상은 그의 어느 단편 서문에 이런 뜻의 말을 써놓았다.

……독자는 여러 가지 사람들이다. 따라서 가지가지로 요구한다.

나를 즐겁게 해 달라

나를 슬프게 해 달라

나를 감동시켜 달라

나에게 공상을 일으켜 달라

나를 포복절도抱腹絶倒케 하여 달라

나를 전율케 하여 달라

나를 사색하게 하여 달라

나를 위로해 달라

그리고 소수의 독자만이 당신 자신의 기질에 맞는 최선의 형식으로 무엇이든지 아름다운 것을 지어 달라 할 것이다.

우리 예술가는 최후의 요구, 이 독자의 요구를 들어 시험하기에 노력해야 한다. 그리고 비평가는 이 시험을 분석하고 그 결과를 평가해야 한다. 사상적 경향에 관해서는 용훼容喙할 권리가 없다. 혹은 시적 작품을, 혹은 사실적 작품을 이렇게 자기의 기질에 맞는 대로 씀에 간섭을 못할 것이다. 간섭을 한다면 그것은 작가의 기질을 무리로 변조시키는 짓이요, 그의 독창을 막는 짓이요, 자연이 그에게만 준 그의 눈과 그의 재질의 사용을 금하는 것이 된다.

모파상의 이 말은 오늘 우리에게도 그대로 독본적讀本的인 어구다. 므릇 소수의 그 독자, '당신 자신의 기질에 맞는 최선의 형식으로 무엇이든지 아름다운 것을 지어 달라'는 그 독자를 향하여 우리는 붓을 든 것이다. 그 외의 독자는 천이든 만이든 우리에겐 우상일 것뿐이다. 얼른 생각하면 대중을 무시하는 것도 같다. 그러나 무시가 아니요 우대도 아니다. 정당일 뿐이다. '민족을 위해서 합네' '대중을 위해서 합네'란 말처럼 대중이 이해하기 쉬운 말은 없다. 대다수가 지지할 수 있는 표제라 절대의 권력을 잡을 수 있는, 가장 관작官爵과 같은 말이다. 소수를 위해서 쓴다는 말은 얼마나 내세우기 불리한가. 그래서 겁내는 작가가 많은 것이다. 대중을 향해서도 문학이면 문학이 아닐 리가 없다. 그쪽에 소질 없는 사람이 사조라 해서 문예를 철학처럼 쓰는 사람이 많다. 그것은 결국 문학의 본질의 한 귀퉁이를 촉각할 때 전변하고 만다. 같은 달음질이라도 백 미터와 천 미터와 또 마라톤이 다를 것이다. 마라톤이 인기 있다 하여 백 미터에 적당한 자기의 체질을 무시하고 마라톤에 나서면 거기에 남는 것은 무엇일 것인가? 유정이나 이상은 다 자기 체질에 맞는 종목을 뛴 사람이다. 그래서 그들 작품에는 자신이 있다.

기질에 맞는 것을 쓴 작가에게는 상식 혹은 개념 이상의 창조가 있다. 그러나 기질에 맞지 않는 것을 쓴 작가에게는 기껏해야 상식이요 개념 정도다. 종교는 윤리학이기보다는 차라리 미신이기를 주장한다. 문학은 사상이기보다는 차라리 감정이기를 주장해야 할 것이, 철학이 아니라 예술인 소이所以다. 감정이란 사상

이전의 사상이다. 이미 상식화된, 학문화된 사상은 철학의 것이요,
문학의 것은 아니다.

누구를 위해 쓸 것인가

평론가

요즘 작가와 평론가의 사이가 꽤 문제가 되는 모양인데, 사실 따지고 보면 그 사이가 좋지 못하다는 것도 그다지 걱정거리는 아닌 것이다. 서로 인격 문제만 아닌 한에서는 맞서 나가는 것이 오히려 자연이 아닐까. 문단처럼 개성과 개성이 대립하는 사회는 없을 것이다. 작가와 작가의 사이도 충돌이 없을 수 없다. 평론가와 평론가 사이도 그렇다. 하물며 그 서는 위치부터가 대립하는 작가와 평론가의 사이에 있어서랴. 피차에 진실하여 상대방을 작품이든, 작가이든 정확하게만 인식하고는 얼마든지 부딪쳐볼 것이다. 그것은 결코 개인으로나 문단으로나 불상사는커녕 성사盛事의 하나다.

우리는 작품으로나 작가로나 얼마든지 비평이 되어 좋다. 한 작품을 써 놓을 때마다 그 작품의 정당한 가격을 알고 싶은 것은 누구보다도 그 작자 자신이다.

공정한 평안자評眼者만 있다면 어찌하여 그에게 작품 보이기를 두려워할 것인가?

내가 불안을 갖는 평자는 작품을 가능성이 무한한 감성으로 느끼려 하지 않고 다만 고정된 개념만으로 정리하는 평자다. 그것도 톨스토이나 후란스의 대부분의 작품처럼 논리성의 작품이라면 모르나 현대의 소설일수록 비논리성인 것을 아는 현대의 문학인이면 그런 필기장식筆記帳式 비평의 우愚는 스스로 담임擔任을 피할 것이다.

평자들이 소설에 대한 준비지식으로 읽은 이론을 하물며 작가들이 안 읽을 리 없다. 그만 교양은 작자에게도 있으려니 여겨 마땅하거늘, 너희가 어디서 이런 방법론이나 이론을 보았겠느냐는 듯이, 사뭇 소설작법식으로 덤비는 평가評家가 더러 있다. 나는 우리 작가들에게 말한다. 평가에게서 비로소 작법이나 방법론을 배워가지고 소설을 쓰려는 그 따위 게으르고 무지한 자라면 빨리 작가의 위치에서 물러가야 할 것이다. 이론은 알되 이론대로 못 되는 것도 작품이요, 이론의 표본적인 작품일수록 좋은 작품이 아닌 경우도 더 많기 때문에 고의로 이론을 무시해야 되는 것도 소설이다. 소설의 산실은 원칙적으로 비밀인 것이다. 그리고 아무리 신인이라도 그는 제1작을 내어놓기 위해서 적어도 1, 2편, 많으면 기십 편의 습작을 거친 사람들이다. 이론의 등대가 미치지 못하는 더 멀고 깊은 바다에서 천파만파千波萬波와 싸운 사람들이다. 그런데 이미 그들도 읽고 난 유행사조나 방법론 따위를 좀 읽어가지고 그들의 난산품을 경경輕輕히 논리만으로 정리해 버리려는 데 어째서 분노가 없을 것인가.

작가의 욕심으로는, 평론가는,

첫째, 창작에 다소 경험자일 것,

둘째, 인생관에 남의 것도 존중하는 신사일 것,

셋째, 개념보다는 감성에 천재이기를 바라는 것이다.

야간비행

요즘 좀 뜸해진 모양이나 한동안 행동주의니 능동정신이니 하고 꽤 작자들을 현황케 하였다.

생텍쥐페리의 『야간비행』이 유명하다기에 그 무렵에 읽어보았다.

호리구찌대학堀口大學의 번역인데 원문도 그런지는 몰라도 문장 묘사가 셰익스피어에게서와 같은 고전미 도는 형용사들에는 놀라웠다. 문장에서부터 새로운 감촉이 있으려니 했던 것은 나의 지나친 기대였다. 내용이 비행하는 사실을 쓴 것인 만치 군데군데 스피드가 느껴지는 것은 누구나 으레 가질 수 있는 수법이다.

다만 읽고 나서 머릿속에 묵직하게 드는 것은 그 항공회사 지배인 리베에르의 성격이라. 그에게 느껴지는 것은 '청년'이요 그리고 감정과 의지를 냉정히 정리해 나갈 수 있을 때 누구나 행동의 영웅이 될 수 있다는 웅변이다. 독일국민들이 히틀러의 연설을 들고 나서 '히틀러 만세!'를 부르듯이 나는 이 『야간비행』을 읽고 나서 '리베에르 만세!'를 마음속에 한 번 불러주었다. 그리고 이 소설이 누구나 읽기에 흥미 있는 것, 보통사람이 체험할 수 없는 비행에 관한, 더구나 야간의 모험비행, 그러다가 공중에서 희생되고 마는, 그런 신문기사라도 호외적 뉴스 재료인 것을 마음속에 경험해 보는 점이다. 그 파비안 기機의 최후의 밤, 폭풍우권에서 상승해 가지고 아래는 구름 바다, 위에는 달과 별뿐, 그 신비한 고층 천공의 광경이란 다른 문학에서 찾을 수 없는 순수한 미였다.

『야간비행』만을 읽고 행동주의 작품을 말할 수 없겠지만, 이 소설에서 백점百點으로 행동감이 느껴지는 것은 사실이다. 그리고 '행동주의 소설이란 이런 것이다'라고 어느 정도까지 믿고 개념을 말할 수 있을 것도 믿어진다.

그런데 모든 새 사조가 그렇듯이, 한때 센세이션을 일으킬 뿐, 그래서 모든 작가에게 반성을 줄 뿐, 그뿐일 것이다. 반성을 주는 미덕을 남기고 희생될 뿐이지, 이것이 소설의 신원리로 반석 위에 나앉을 것은 못 된다.

너무 전기감傳記感이 나는 것이 예술로서 퇴보요 너무 사실에 의거해야 하는 것이 이런 소설의 약점이다.

그러나 일시 유행사조라 하여 비웃을 것이 아니라 이 『야간비행』은 작가된 이 한번 맛볼 만한 새 프랑스 요리임에 틀림없다.

책冊

책冊만은 '책'보다 '冊'으로 쓰고 싶다. '책'보다 '冊'이 더 아름답고 더 '冊'답다.

책은, 읽는 것인가? 보는 것인가? 어루만지는 것인가? 하면 다 되는 것이 책이다. 책은 읽기만 하는 것이라면 그건 책에게 너무 가혹하고 원시적인 평가다. 의복이나 주택은 보온만을 위한 세기世紀는 벌써 아니다. 육체를 위해서도 이미 그렇거든 하물며 감정의, 정신의, 사상의 의복이요 주택인 책에 있어서라! 책은 한껏 아름다워라. 그대는 인공으로 된 모든 문화물 가운데 꽃이요 천사요 또한 제왕이기 때문이다.

물질 이상인 것이 책이다. 한 표정 고운 소녀와 같이, 한 그윽한 눈매를 보이는 젊은 미망인처럼 매력은 가지가지다. 신간란에서 새로 뽑을 수 있는 잉크 냄새 새로운 것은, 소녀라고 해서 어찌 다

그다지 신선하고 상냥스러우랴! 고서점에서 먼지를 털고 겨드랑 땀내 같은 것을 풍기는 것들은 자못 미망인다운 함축미인 것이다.

　서점에서는 나는 늘 급진파다. 우선 소유하고 본다. 정류장에 나와 포장지를 끄르고 전차에 올라 첫 페이지를 읽어보는 맛, 전찻길이 멀수록 복되다. 집에 갖다 한번 그들 사이에 던져버리는 날은 그제는 잠이나 오지 않는 날 밤에야 그의 존재를 깨닫는 심히 박정한 주인이 된다.

　가끔 책을 빌리러 오는 친구가 있다. 나는 적이 질투를 느낀다. 흔히는 첫 한두 페이지밖에는 읽지 못하고 둔 책이기 때문이다. 그가 나에게 속삭여주려던 아름다운 긴 이야기를 다른 사나이에게 먼저 해버리려 가기 때문이다. 가면 여러 날 뒤에, 나는 아주 까맣게 잊어버렸을 때 그는 한껏 피로해져서 초라해져서 돌아오는 것이다. 친구는 고맙다는 말만으로 물러가지 않고 그를 평가까지 하는 것이다. 나는 그런 경우에 그 책에 대하여는 전혀 흥미를 잃어버리는 수가 많다.

　빌려나간 책은 영원히 '노라'가 되어버리는 것도 있다.

　이러는 나도 남의 책을 가끔 빌려온다. 약속한 기간을 넘긴 적도 몇 권 있다. 그러기에 책은 빌리는 사람도 도적이요 빌려주는 사람도 도적이란 서적 논리가 따로 있는 것이다. 일생에 천 권을 빌려보고 999권을 돌려보내고 죽는다면 그는 최우등의 성적이다.

그러나 남은 한 권 때문에 도적은 도적이다. 책을 남에게 빌려만 주고 저는 남의 것을 한 권도 빌리지 않기란 천 권에서 999권을 돌려보내기보다 더 어려운 일이다. 그러므로 빌리는 자나 빌려주는 자나 책에 있어서는 다 도적 됨을 면치 못한다.

그러나 책은 역시 빌려야 한다. 진리와 예술을 감금해서는 안 된다.

그러나 책은 물질 이상이다. 영양令孃이나 귀부인을 초대한 듯 결코 땀이나 때가 묻은 손을 대어서는 실례다. 책은 세수는 할 줄 모르는 미인이다.

책에만은 나는 봉건적인 여성관이다. 너무 건강해선 무거워 안 된다. 가볍고 얄팍하고, 뚜껑도 예전 능화지菱華紙처럼 부드러워 한손에 말아 쥐고 누워서도 읽기 좋기를 탐낸다. 그러나 덮어놓으면 떠들리거나 구김살이 잡히지 않고 이내 고요히 제 태態로 돌아가는 인종忍從이 있기를 바란다고 할까.

필묵筆墨

　지금 이 글을 쓰는 것도 만년필이다. 앞으로도 만년필의 신세를 죽을 때까지 질지 모르나, '만년필'이란 그 이름은 아무리 불러도 정들지 않는다. 파운틴펜을 번역한 것이 틀림없을 터인데, 얼른 쉽게 '천필泉筆'이라고도 않고 하필 '만년萬年'이 튀어나왔는지 알 수 없다. 묵즙墨汁이나 염수染水를 따로 준비하는 거추장스러움이 없이 수시수처隨時隨處에서 뚜껑만 뽑으면 써낼 수 있는, 말하자면 그의 공리功利는 수壽보다도 먼저 단편單便한 점에 있을 것이다. 그런데 굳이 '만년'이라 하였다. 만년이라면 칠십 인생으로는 거의 무궁한 세월이라 상시상주常時常住를 그리는 인간이라 만萬 자가 그다지 좋았기 때문이면 '만세필萬歲筆'이라, 혹 '만수필萬壽筆'이라 했어도 좋을 법하지 않았는가.

　이 만년필이 현대 선비들에게서 빼앗은 것이 있다. 그것은 무엇보다 먹墨이다. 가장 운치 있고 가장 정성스런 문방우文房友였다. 종이 위에 그 먹같이 향기로운 것이 무엇인가. 먹처럼 참되고 윤택한 빛도 무엇인가. 종이가 항구히 살 수 있는, 그의 피가 되는 먹이 종이와 우리에게서 이 만년필 때문에 사라져간 것이다.

시속時俗이란 언제든지 편리한 자를 일컫는 말일 것이다.

그렇듯 고귀한 먹을 빼앗기면서도 이 만년필을 취하는 자로 시인속물詩人俗物이 아닐 도리 없을 것이나, 때로는 어쩌다 청정한 저녁을 얻어 고인들의 서화를 감상할지면, 그 묵흔墨痕의 방타임리滂沱淋漓한 데서는, 문득 일어나는, 먹에의 향수를 어찌 참고 견딜 것인가. 산불재고山不在高라는 격으로 필묵을 사랑함이 반드시 임지臨池의 인人만이 취할 바 아니라 붓과 먹을 보는 대로는 버릇처럼 반가워하는 것이다.

붓, 모필이란 가히 완상翫賞할 도구라 여긴다. 서당에서 글 읽을 때 객이 오는 것처럼 즐거운 일이 없었다. 훈장은 객을 위해서는 '나가들 좀 놀아라' 하는 것이었다, 그 중에도 필공筆工이 오는 것이 가장 반가운 것은, 필공은 한번 오면 수삼 일을 서당에서 묵었고, 묵는 동안 그의 화로에다 인두를 꽂고 족제비 꼬리를 뜯어가며 붓을 매는 모양은 소꿉장난처럼 재미있었다. 붓촉을 이루어 대에 꽂아가지고는 입술로 잘근잘근 빨아 좁은 손톱 위에 패임을 그어보고 그어보고 하는 모양은 지성이기도 하였다. 그가 훌쩍 떠나 어딘로인지 산너머로 사라진 뒤에는 그가 매어주고 간 붓은 슬프게까지 보이는 것이었다. 그때 그런 필공들이 망건을 단정히 하고, 토수를 걷고, 괴나리봇짐을 끌러놓고, 송진과 아교와 밀내를 피어가며 매어주고 간 붓을 단 한 자루라도 보관하여 두었던들, 하고 그리워진다.

내게 고급품이 차례올 리 없다. 그러나 이름만이라도 단계석端溪石, 깨어졌으나마 화류갑에 든 채 멀리 해동海東땅에 굴러와 주었다. 인연만으로도 먹을 정성스레 갈아야 한다.

나에게 있어 먹은 일종 향료일 뿐이다. 옛날 먹의 고향 중국서는 과시科試 글씨에 남렬濫劣한 자는 묵수일승墨水一升을 먹이는 법이 있었다 한다. 내 글씨는 묵수일두墨水一斗를 먹어 마땅할 것으로, 한 자를 제대로 성자成字할 자신이 없는 것이다. 다만 먹을 가는 재미, 붓을 흥건하도록 묻혀 보는 재미, 그리고 먹내를 맡을 뿐, 이것으로 지족知足할 염치밖에는 없는 것이다.

명필 동파東坡는 '천진난만오사天眞爛漫吾師'라 하였다.

나는 낙필落筆 이전에서 천진난만을 몽유夢遊할 뿐이다. 촉 긴 붓과 향기로운 먹만 있으면 어디서든 정토淨土일 수 있는 것이다.

모방模倣

완당阮堂이라면 표구소까지 뒤지고 다니는 선부공善夫公을 따라 모씨저某氏邸에 완당글씨 구경을 갔었다. 행서 8폭 병풍을 족자로 고친 것인데 폭폭이 펼치어질 때마다 낙관落款이 있고 없고 진가를 의심할 여지가 없게 신운神韻이 일실一室을 압박하였다. 그 앞을 그저 떠나기가 너무 서운해 선부공은 미농지를 빌려 두 폭을 연필로 자형字形을 떴다. '천기청묘天紀淸妙'라는 큰 글자에 '실상묘법교유연화實相妙法巧喩蓮花'란 잔글씨가 두 줄로 아래를 받힌 한 폭이요, 다른 하나는 '편석고운片石孤雲'에 '지인지심여주재연至人之心如珠在淵'이다. 완당이 쓴 글씨에 글로도 범연한 것이 없거니와 짧은 문구들이나 천 길의 함축을 풍기고 있다. 불과 2, 3문자로되 의도가 대해大海같이 무궁한 것, 자형字型, 한 자체字體에 이렇듯 엄연한 조형미가 존재한 것, 사실 공리적으로만 평가하기엔 한자는 너무나 위대한 것임에 틀림없다. 모사模寫는 안 했지만

'무진산하천無盡山下泉 보공산중려普供山中侶, 각지일표래各持一瓢來, 총득전월거總得全月去' 같은 시구詩句는 염불처럼 자꾸 외우고 싶어졌다. 모사는 선부공이 해왔으나 종이에 그것을 먹칠해 보기는 내가 먼저다. 도저히 원획原劃이 날 리가 없다. 영화 필름을 조각조각으로 보는 맛이다. 생동할 리가 없다. 그러나 멀리서 바라보면 자형만은 우수하다. 나는 낮에는 집에 별로 있지 못하다. 밤에나 보기에는 더욱 방불하다. 그런데 이 두 폭 24자를 먹칠만 하기에 나는 이틀 저녁에 세 시간 이상씩 걸리었다. 완당이 자유분방하게 휘둘러 놓은 획 속에 나는 이틀 저녁을 갇혀 있었다. 완당의 필력, 필의筆意, 필후筆後를 이틀 저녁을 체험한 셈이다. 천자획千字劃은 어떻게, 고자획孤子劃은 어떻게 달아난 것을 횅하니 외일 수가 있다. 완당의 획은 어떤 성질의 동물이란 것이 만져지는 듯하다. 화풍이나 서체를 감식하려면 원작자의 화풍, 서체를 이행해야 하고, 이해하자면 보기만 하는 것보다 모사하는 것이 훨씬 첩경일 것을 느꼈다. 완당서阮堂書를 아직껏 천 자를 보아온 것보다 이 이틀 저녁 24자를 모사해본 데서 나로서의 완당서안阮堂書眼은 갑절는 셈이라 하겠다.

　감식鑑識은 모든 비평의 기초일 것이다. 문학도 감식에 어두워선 작자와 작품의 정체를 포착치 못할 것이다. 비평가가 읽기만 하고 얻기 쉬운 것은 애매한 인상일 것이다. 한번 그 작품을 묘사, 베껴 본다면 그 작품은 그 평가評家에게 털끝만한 무엇도 가리지 못할 것이라 생각한다.

모방에 이처럼 미덕의 일면이 있음은 놀라운 일이다.

동방정취東方情趣

青天有月來幾時　　하늘에 달 있은 지 얼마나 됐나
我今停盃一問之　　내 이제 잔 멈추고 한 번 묻노라

古人今人若流水　　옛사람도 우리도 흐르는 물 같아서
共看明日皆如此　　밝은 날 함께 보면 모두 이와 같으리

　술이 있고 달이 있고 유수같이 지나감이 있을 뿐, 머무를 수도 없거니와 머물러 애착할 아무것도 없음을 단념한 지 이미 오랜 심경이다.

衆鳥高飛盡　　뭇새들 높이 날아 사라져가고
孤雲獨去閑　　외론 구름 호올로 한가로이 떠가네

相看兩不厭　　　서로 보아 둘이 다 물리지 않는 것은

只有敬停山　　　경정산 다만 너뿐이로구나

　중조衆鳥 고운孤雲이 다 자연이되 그들은 소리 있고 날고 변함이 있다. 자연 중에도 무구부동無口不動하는 산에게나 소회所懷를 천명闡明하는 심경이다. 두 시가 다 이백李白의 즉흥이려니와 이런 유의 생활 감정이 이적선李謫仙 일개인一個人의 것이라기보다는 전동양인의 것으로 보아 오히려 마땅할 것이다. 역시 동양인 페르시아의 시인詩人 오마 카얌도 그의 4행시 첫머리에

　"이 세상은 오래 있을수록 고생이다. 일찍 떠나는 사람은 복되니 아예 이 세상에 태어나지 않은 사람은 얼마나 행복이냐!"

　이런 뜻의 시구가 얹히었음을 기억한다.

　명상은 동양인이 천재다. 명상은 본질상 생활에 어둡고 운명에 밝았다. 나올 것은 비관이었다. 불도佛道는 현실로 본다면 비관의 종교다. 동양의 교양으로 고도의 것이면 고도의 것일수록 선禪의 경지를 품지 않은 것이 드물 것이다. 서구 사람들은 방 속에서 미인의 나체를 그리고 있을 때 동양 사람은 정원에 나와 괴석을 사생하고 있지 않았는가? 이런 취미는 미술에뿐이 아니다. 동양의 교양인들은 시詩·서書·화畵를 일원一元의 것으로 여겼다. 한 사람의 기술로서 이 세 가지를 다 가졌을 뿐 아니라 정신으로 괴석을 시·서·화에 다 신봉하였다. 나체를 생각하고 생활을 구상하

는 것은, 즉 아雅가 아니요 속俗인 모든 것은 결코 예술일 수 없었다.

그래서 동양에선 아의 표현인 운문韻文엔 자랑스러운 서명署名들이 전해와도 속의 표현인 소위 패사稗史 소설류에는 작가가 성명을 남김조차 떳떳치 못했던 것이다.

이렇듯 괴석怪石과 선禪과 아雅의 중독지대인 이 동양에선 서구식 산문소설의 배양이란, 워낙 풍토에 맞지 않는 원예일지 모른다. 그러기에 동양에선 서구식 산문을 입식한 지 가장 오랜 일본에서도 '일본적'인 것이 무엇이냐는 반성을 이내 가지게 되었고 반성한 결과로 찾아낸 '일본적'이란 것은 결국 '사비'라는 것이었고, '사비'란 괴석의 산화 정도의 현상일 것이었다. 동방정취의 하나다.

돌이란 정물情物이 아니다. 정물인 사람이 어찌해 정물이 아닌 것과 사귀고 굳이 정을 통하려 하였는가? 거기에 동방정취의 진수가 숨었을 것이다.

석수石壽라 하였대서 돌에서 수壽를 탐내었나 하면 수자다욕壽者多辱이라 하여 오히려 그와는 딴 쪽이었다. 상락독처常樂獨處 상락일심常樂一心이 청정위종清淨爲宗하는 선禪취미에서일 것이다. 고고표일孤古飄逸한 동방시문에다 셰익스피어나 도스토예프스키의 모든 작품들을 견주어 보라. 얼마나 그 살덩어리와 피의 비린내로 찬 여풍항속류閭風巷俗類에 타墮한 것뿐이랴.

그러나 현대의 승리는 서구 저들에게 있다. 하시下視는 하면서도 저들의 뒤를 슬금슬금 따라야 하는 데 동방의 탄식이 있는 것이다.

통속성이라는 것

한문은 동양에만 있은 것이 아니었다. 서양에도 있었다. 라틴문은 그들의 한문이었다. 승려들과 상류사회에서 기록한 것은 라틴어의 라틴문장이었다. 경서공문류經書公文類는 모두 라틴어로 되었다. 거기서도 민중이 저희 생활에 필요했던 것은 경서와 공문만이 아니요 이야기책이어서 이 이야기책만은 저희들의 생활어(모두 라틴어에서 파생된 것이긴 하나), 이탈리아 사람들은 이탈리아어로, 프랑스 사람들은 프랑스어로 기록한 것이다. 이 전통이 시퍼런 라틴어가 아니요 아무나 막쓰는 속어요, 방언격으로 이야기책이나 기록하는 이탈리아어, 프랑스어는 모두 '로맨스어' 즉 '이야기책말'로 총칭되었고 하대下待되었다.

오늘 서구의 찬란한 현대문학도 사실은 천대를 받던 속어문학俗語文學, 이야기책들의 발달이었다.

오늘에 우리가 문학을 쓰는 조선어란(한어漢語에서 파생된 것은 아니나) 말하자면 동양의 '로맨스어'의 하나다.

머슴꾼의 방에서나 행세하던 이야기책이 오늘 우리 소설의 거룩한 조상이었던 것은 물론이다.

현대문학은, 현대문학을 대표하는 소설은 어디서나 속어로 적힌다. 특히 소설의 속성이 여기 있는 것이다. 천만인 공용의 생활어로, 천만인 그 속에 있는 생활자를 묘사하는 것이라 소설은 차라리 통속성이 없이는 구속할 수 없는 것이다. 이 통속성이란 곧 사회성이다. 결코 무시될 수 없는, 개인과 개인 각의 각각도各角度로의 유기성有基性을 의미하는 것이다. 통속성 없이 인류는 아무런 사회적 행동도 결성도 가질 수 없는 것이다. 소설뿐 아니라 통틀어 위대한 예술이란 위대한 통속성의 제약 밑에서만 가능한 자일 것이다. 이것을 생각지 않고 통속성을 떠나는 것만이 높고 새로운 예술인 줄 여기는, 전혀 객관성이 희박한 소설들이 더러 보이는 것은 딱한 현상의 하나다. 이런 이들로 말미암아 '통속성'이란 말은 '저급'이란 말로 방하放下되려는 위기에 있음을 가끔 느끼는 것이다.

정말 작품에 있어 하대될 소위 통속이란 공통만속共通萬俗하는 그 통속이 아니라 작자가 대상을 영혼으로 통제하지 못하고, 흥미만으로 농롱하는 데서 생기는 불진실미不眞實美, 그것인 것이다. 연애가 나온다고, 나체가 나온다고 통속이라 하면 인식 부족이다. 나체보다 더한 것이 나오더라도 작자가 열변의 태도면 그만이다.

아무리 성현열사聖賢烈士만을 취급하였더라도 작자가 좌담식 농변弄辯의 태도라면 그건 소위 통속 즉 '불진실'이다. 통속이란 말은 애매하게 '불진실'이란 말에 대용되고 있다.

누구보다 소설가들은 이 도탄에 빠진 '통속'을 구출해야 할 것이다.

일분어一分語

십분심사일분어十分心思一分語라, 품은 사랑은 가슴이 벅차건만 다 말 못하는 정경情景을 가리킴인 듯하다.

이렇듯 다 말 못하는 사정은 남녀간 정한사情恨事에만 있는 것이 아니라 일체 표현이 모두 그렇지 않은가 느껴진다. 부끄러워서가 아니라 뜻을 세울 수가 없고, 말을 붙일 수가 없어 꼼짝 못하는 수가 얼마든지 있다.

나는 문갑 위에 이조李朝 때 제기祭器 하나를 놓고 무시로 바라본다. 그리 오랜 것은 아니로되, 거미줄처럼 금간 틈틈이 옛 사람들의 생활의 때가 폭 배어 있다. 날카롭게 어여낸 여덟 모의 굽이 우뚝 자리잡은 위에 엷고, 우긋하고, 매끄럽게 연잎처럼 자연스럽게 변두리가 훨쩍 피인 그릇이다. 고려자기 같은 비취빛을 엷게 띠었는데, 그 맑음, 담수에서 자란 고기 같고, 그 넓음, 하늘이 온통 내려앉아도 능히 다 담을 듯싶다. 그리고 고요하다.

가끔 옆에서 묻는 이가 있다. 그 그릇이 어디가 그리 좋으냐 함이다. 나는 더러 지금 쓴 것과 같이 수사修辭에 힘들여 설명해 본다. 해보면 번번이 안 하니만 못하게 부족하다. 내가 이 제기에 가진 정말 좋음을 십분지 일도 건드려보지 못하기 때문이다.

여기서 더욱 그럴싸한 제환공齊桓公과 어떤 노목수老木手의 이야기가 생각난다.

한번, 환공이 당상에 앉아 글을 읽노라니 정하庭下에서 수레를 짜던 늙은 목수가 톱질을 멈추고, 읽으시는 책이 무슨 책이오니까 물었다.

환공 대답하기를, 옛 성인의 책이라 하니, 그럼 대감께서 읽으시는 책도 역시 옛날 어른들의 찌꺼기올시다그려 한다. 공인工人의 말투로 너무 무엄하여 환공이 노기를 띠고, 그게 무슨 말인가. 성인의 책을 찌꺼기라 하니 찌꺼기될 연유를 들어야지, 그렇지 못하면 살려두지 않으리라 하였다. 늙은 목수 자약自若하여 아래와 같이 아뢰었다 한다.

저는 목수라 치목治木하는 예를 들어 아뢰오리다. 톱질을 해보더라도 느리게 다리면 엇먹고 급하게 다리면 톱이 박혀 내려가질 않습니다. 그래 너무 느리지도 너무 급하지도 않게 다리는 데 묘리妙理가 있습니다만, 그건 손이 익고 마음에 통해서 저만 알고 그렇게 할 뿐이지 말로 형용해 남에게 그대로 시킬 수는 없습니다. 아마 옛적 어른들께서도 정말 전해주고 싶은 것은 모두 이러

해서 품은 채 죽은 줄 아옵니다. 그렇다면 지금 대감께서 읽으시는 책도 옛 사람의 찌꺼기쯤으로 불러 과언이 아닐까 하옵니다.

환공이 무론 턱을 끄덕였으리라 믿거니와, 설화說話나 문장이나 그것들이 한 묘妙의 경지境地의 것을 발표하는 기구器具로는 너무 무능한 것임을 요새 와 점점 절실하게 느끼는 바다. 선승禪僧들의 불립문자설不立文字說에 더욱 일깨워짐이 있다.

작품애作品愛

어제 경성역京城驛으로부터 신촌新村 오는 기동차에서다. 책보
를 메기도 하고, 끼기도 한 소녀들이 참새떼가 되어 재깔거리는 틈
에서 한 아이는 얼굴을 무릎에 파묻고 흑흑 느껴 울고 있었다. 다
른 아이들은 우는 동무에게 잠깐씩 눈을 던지면서도 달래려 하지
않고, 무슨 시험이 언제니, 아니니, 내기를 하자느니 하고 저희끼
리만 재깔인다. 우는 아이는 기워 입은 적삼 등어리가 그저 들먹거
린다. 왜 우느냐고 묻고 싶은데, 마침 그 애들 뒤에 앉았던 큰 여학
생 하나가 나보다 더 궁금했던지 먼저 물었다. 재재거리던 참새떼
는 딱 그치더니 하나가 대답하기를

"걔 재봉한 걸 잃어버렸어요"

한다.

"학교에 바칠 걸 잃었니?"

"아니야요. 바쳐서 잘했다고 선생님이 칭찬해주신 걸 잃어버렸

어요. 그래 울어요."

큰 여학생은 이내 우는 아이의 등을 흔들며 달랜다.

"애 울문 뭘 허니? 운다구 찾아지니? 울어두 안 될 걸 우는 건 바보야."

이 달래는 소리는 기동차 달아나는 소리에도 퍽 맑게 들리어, 나는 그 맑은 소리의 주인공을 다시 한번 돌려 보았다. 중학생은 아니게 큰 처녀다. 분이 피어 그런지 흰 이마와 서늘한 눈은 기동차의 유리창들보다도 신선한 처녀. 나는 이내 굴속으로 들어온 기동차의 천장을 쳐다보면서 그가 우는 소녀에게 한 말을 생각해 보았다.

'애 울문 뭘 하니? 운다고 찾아지니? 울어두 안 될 걸 우는 건 바보야.'

이치에 맞는 말이다. 울기만 하는 것으로 찾아질 리 없고, 또 울어서 이루어지지 않을 것을 우는 것은 확실히 어리석은 일이다. 그러나 사람들은 울음에 있어 곧잘 어리석어진다. 더욱 이 말이 여자로도 눈물에 제일 빠른 처녀로 한 말임에 생각할 재미도 있다. 그 희망에 찬 처녀를 저주해서가 아니라 그도 이제부터 교복을 벗고 한번 인간제복人間制服으로 갈아입고 나서는 날, 감정 때문에, 혹은 이해 상관으로 '울어도 안될 것'을 울어야 할 일이 없다 하지 못할 것이다.

나는 신촌역을 내려서도 이 '울문 뭘 하니? 울어두 안 될 걸 우는 건 바보야' 소리를 생각하며 걸었다.

그러나 이 말이나 이 말의 주인공은 점점 내 마음속에서 멀어 가는 대신 점점 가까이 떠오르는 것은 그 재봉한 것을 잃어버렸다 는 소녀다. 그는 오늘도 울고 있을 것 같고, 또 언제든지 그 잃어 버린 조그마한 자기 작품이 생각날 때마다 서러울 것이다. 등어리 를 조각조각 기워 입은 것을 보아 색헝겊 한 오리 쉽게 얻을 수 있는 아이는 아니었다. 어머니께 조르고 동무에게 얻고 해서 무엇 인지 모르나 구석을 찾아 앉아 동생 보지 않는다고 꾸지람을 들어 가며 정성껏, 솜씨껏, 마르고, 호고, 감치고 했을 것이다. 그것이 여러 동무의 것을 제쳐놓고 선생님의 칭찬을 차지하게 될 때, 소 녀는 세상일에 그처럼 가슴이 뛰어본 적은 일찍이 없었을 것이다. 이제 하학만 하면 어서 가지고 집으로 가서 부모님께도 좋은 끗수 받은 것을 자랑하며 보여드리려던 것이 그만 없어지고 말았다.

소녀에게 있어선 결코 작은 사건이 아니요 작은 슬픔이 아닐 것이다.

나도 작품을 더러 잃어보았다. 도향稻香의 죽은 이듬핸가 서 해曙海 형이 『현대평론』에 도향 추도호를 낸다고 추도문을 쓰라 하였다. 원고 청이 별로 없던 때라 감격하여 여름 단열밤을 새어 썼다. 고치고 고치고 열 번도 더 고쳐 현대평론사로 보냈더니 서 해 형이 받기는 받았는데 잃어버렸으니 다시 쓰라는 것이다. 같은 글을 다시 쓸 정열이 나지 않았다. 마지못해 다시 쓰기는 썼지만 아무래도 처음에 썼던 것만 못한 것 같아 찜찜한 것을 참고 보냈다.

　신문, 잡지에 났던 것도 미처 떼어두지 않아서, 또 떼어뒀던 것도 어찌어찌해 없어진다. 누가 와 어느 글을 재미있게 읽었노라 감상을 말하면, 그가 돌아간 뒤에 나도 그 글을 다시 한번 읽어보고 싶어 찾아본다. 찾아보아 찾아내지 못한 것이 이미 서너 가지 된다. 다시 그 신문, 잡지를 찾아가 오려 오기란 거의 불가능한 일이다. 꽤 섭섭하게 그날 밤을 자곤 하였다.

　이 '섭섭'을 꽤 심각하게 당한 것은 장편『성모聖母』다. 그 소설의 주인공 순모가 아이를 낳아서부터, 어머니로서의 애쓰는 것은 나도 상당히 애를 쓰며 썼다. 책으로는 못 나오나 스크랩째로라도 내 자리 옆에 두고 싶은 애정이 새삼스럽게 끓었다.

　그러나 울지는 않았다. 위에 기동차의 소녀처럼 울지는 않았다. 왜 울지 않았는가? 아니 왜 울지 못하였는가? 그 작품들에게 울 만치 애착, 혹은 충실하지 못한 때문이라 할 수밖에 없다.

　잃어버리면 울지 않고는, 몸부림을 치지 않고는 견딜 수 없는, 그런 작품을 써야 옳을 것이다.

남의 글

남의 글처럼 내 글이 쉬웠으면, 하는 생각을 가끔 한다. 자기가 쓴 것은 동사 같은 뚜렷한 말에서도 그 잘못된 것을 얼른 집어내지 못하면서 남의 글에서는 부사 하나 덜된 것이라도 이내 눈에 걸리어 그냥 지나쳐지지 않는다.

"남의 눈에 든 티는 보면서 어찌하야 네 눈에 든 대들보는 보지 못하느냐?"

한 예수의 말씀은 문장도文章道에 있어서도 좋은 교훈이다.

자식처럼, 글도 제게서 난 것은 애정에 눈이 어리기 때문인가? '여기가 잘못되었소' 하면 그 말을 고맙게 들으려고는 하면서도 먼저는 불쾌한 것이 사실이요, 고맙게 여기는 것은 나중에 교양의 힘으로 되는 예의였다. 내 글이되 남의 글처럼 뚝 떨어져 보는 속, 그 속이 진작부터 필요한 줄은 알면서도 그게 그렇게 쉽게 내 속에 들어서 주지 않는다. 문장 공부도 구도求道의 정신에서만 성취

될 것인가 보다.

오늘도 작문 40통을 앞에 놓을 때, 불현듯 도화교원圖畵敎員이 부러운 생각이 났다. 도화라면 백 장인들 끊기 얼마나 쉬우랴! 이 것은, 그 자질구레한 글자를, 그렇게도 아낄 줄 모르고 많이만 늘 어놓은 글자들을 한 자도 빼놓지 않고 발음을 해봐야 한다. 음미 해야 하고 또 다른 것과 비교해야 한다. 도화나 작문이나 다 보아 야 하는 의무는 마찬가지지만, 도화를 끊는 것은 미용美容의 심사 요, 작문을 끊는 것은 신체검사라 할까. 얼른 들떠놓고 한눈으로 보고는 어떻다고 말할 수 없는 것이 작문이다.

이 점에 있어 그림은 글보다 언제나 편리하다. 미술은 전람회 장에 들어서면 두 시간 내지 서너 시간에 수백 명의 작품을 완전 히 감상할 수가 있다. 그러나 문학은 『전쟁과 평화』 같은 것은 그 하나만 가지고도 여러 주야를 씨름해야 한다.

그런 글, 그런 문학이면서도 이 스피드 시대에 그냥 엄연한 존 재를 갖는 것은 이상스러울 만한 일이 아닌가.

더구나 작문에 있어 점수를 매긴다는 것은 가장 불유쾌한 의무 다. 그냥 '여기가 좋소' 그냥 '여기는 이렇게 고치는 것이 좋지 않 을까' 투로만 보아나간다면 좋겠는데 교무상敎務上 채점이 반드 시 필요하다는 것이다.

그런데 무슨 과학에서와 같이 공식적인 해답을 쓰고 못 쓴 것이라면 한 문제에 몇 점씩으로 해서 그야말로 과학적인 정확한 채점이 될 수 있지만, 글은 그런 계산적인 채점 표준이 있을 수 없는 것이다. 그러니까 90점을 주면서도 이것은 어째서 90점에 해당한다는 논리적인 선언은 할 수 없다. 대체大體가 감정 속에서 처리되는 것이므로 작문 점수란 영원히 부정확한 가점수暇點數일 것이다.

낮은 점수를 받는 학생의 불유쾌는 무론의 것이려니와 야박스럽지만 더 잘 쓴 여러 층의 사람들이 위에 있기 때문에 할 수 없이 낮은 점수를 매겨야 하는 교사도 결코 유쾌할 수 없는 일이다. 점수가 적은 것을 들고 그 학생을 부를 적에는 남에게 변변치 못한 음식을 줄 때와 같이 손이 잘 나가지 않는 것을 학생들은 아마 몰라줄 것이다.

재능이든 선악善惡이든 남을 전형하기란 쉬운 일이 아니요 또 좋은 업業이 아닐 듯싶다. 더욱 남에게

"너는 종신징역에 처한다."

"너는 사형에 처한다."

하는 분들은 그 자신들부터 얼마나 신산辛酸할 것인가!

고전古典

백수사白水社의 신번역물新飜譯物을 읽는 맛도 좋지마는 때로는 신문관新文館이나 한남서원翰南書院의 곰팡내 나는 책장을 뒤지는 맛도 좋아라. 고전 고전하는 바람에 서양 것만 읽던 분들이 돌아와 조선 것을 하룻밤에 읽고 하룻밤으로 낙망한다는 말을 가끔 듣는 바, 모르거니와 그런 민활한 수완만으로는 서양 것인들 고전의 고전다운 맛을 십분 음미하였으리라 믿기 어렵다.

고려청자의 푸른 빛과 이조백자의 흰 빛이 지금 도공들로는 내지 못하는 빛이라고만 해서 귀한 것은 아니니 고려청자의 푸름과 이조백자의 힘을 애완愛玩함에 공예가 아닌 사람들이 차라리 더 극진함은, 고전은 제작製作 이상의 해석, 제작 이상의 감각면을 따로 가짐이리라.

"달아 높이곰 돋아사

머리곰 비최이시라"

이 노래 읊고 무릎을 치는 이더러
'거 어디가 좋으시뇨'
묻는다더라도
"거 좀 좋으냐."
반문 이외에 별로 신통한 대답이 없을 것이다.
"달아 어서 높이 높이 올라 떠서 어떤 깊은 골짜기든 다 환하게 비치어라. 우리 낭군 돌아오시는 밤길이 어둡지 않아 발도 상하심 없이 한시라도 빨리오시게……."
이렇듯 해석을 시험하고,
"좀 용한 소리냐."
감탄까지 한다면 이는 자칫하면 고인古人들을 업신여기는 현대인의 오만을 범하게 되는지도 모르는 바다.
"달아 높이곰 돋아사 멀리곰 비최이시라"
물론 묘구妙句로다. 그러나 현대 시인에게 이만 득의得意의 구가 없는 바도 아니요, 또 고인들이라 해서 이만 구를 얻음이 끔찍하다 얕잡을 것은 무엇이뇨.
고전 정신의 대도大道는 영원히 온고지신溫故知新에 있겠으나 고전의 육체미는 반드시 지식욕으로만 감촉될 성질의 것은 아니라. 그러므로 모든 고전의 고전미古典美는 고완古翫의 일면을 지님에 엄연하도다. 고려청자나 「정읍사井邑詞」에서 그들의 고령미 高齡美를 떼어버린다면 무에 그다지도 아름다울 것가.

"달아 높이곰 돋아사……."

한마디에 백제百濟가 풍기고, 여러 세세대대世世代代 정한인情 恨人들의 심경이 전해오고, 아득한 태고가 깃들임에서 우리의 입 술은 이 노래를 불러 향기로울 수 있도다.

고령자의 앞에 겸손은 예의라. 자기磁器 하나에도, 가요 하나에 도 옛 것일진대, 우리는 먼 앞에서부터 옷깃을 여며야 하리로다. 자동차를 몰아 호텔로 가듯 가는 것이 아니라, 죽장망혜竹杖芒鞋 로 산사山寺를 찾아가는 심경이 아니고는 고전은 언제든지 써늘 한 형해일 뿐, 그의 따스한 심장이 뛰어주지 않을 것이다.

완전히 느끼기 전에 해석부터 가지려함은 고전에의 틈입자闖入 者임을 면하지 못하리니 고전의 고전다운 맛은 알 바이 아니요 먼 저 느낄 바로라 생각한다.

소설

몇 해 전 일이다. 어느 시골서 여러 해만에 뵈옵는 친구의 어르신네였다.

"요즘 자네가 글을 잘 져 이름이 난다데 그려. 그래 무슨 글을 짓는가?"

무어라 여쭐지 몰라 망설이는데, 그분의 아드님이 대신 대답해 드리기를,

"소설이랍니다. 꽤 재미있게 쓴답니다."

하였다. 영감님, 의외라는 듯이 안색을 잠깐 흐리며

"소설? 거 이야기책 말이냐?"

하시었다. 이번에는 내가

"그렇습니다."

한즉 잠깐 민망해 하시더니,

"거, 소설은 뭘허러 짓는가? 자고로 소설이란 건 패관잡기稗官雜

技로 돌리던 걸세. 워낙 도청도설류道聽塗說類에 불과하거든……."
하시었다.

나는 그때, 소심한 생각에 우선 가까이 톨스토이 같은 이가 얼마나 고마운지 몰랐다.

위인들 사진 가운데 톨스토이나 위고의 사진이 끼여 있던 것을 그림엽서점에서 보던 생각이 불쑥 안 솟아 주었던들 나는 얼마나 한심했을는지 모른다.

서양문학을 수입한 최초의 역자들에게 진정 감사해야 될 것을 확실하게 깨달았다. 소설이 문학을 인격화한 것은 먼저 서양에서다.

문학의 왕좌를 점령해 놓은 서양소설의 덕이 아니었던들, 오늘 동양에서, 특히 조선 같은 데서 소위 도청도설로 더불어 떳떳이 그 천직을 삼으려는 자 과연 몇 명이나 되었을꼬.

나는 이 '도청도설' 혹은 '가담항설街談巷說'이란 말에 몹시 불쾌를 느꼈다. 소설이라고 반드시 먼지가 일고, 가래침이 튀고, 비린내가 나고, 비명이 일어나야만 한다는 조건은 어디 있는가? 될 수 있는 대로 먼지를 피하고, 가래침을 안 보고, 비린내를 안 맡고, 비명을 안 들으며 써 보려 하였다. 이것은 틀림없이 그 소설 천시賤視에 대한 반감에서 일어난 나의 '소설'에의 약간의 인식부족이었다. 소설을 가리켜 '가담항설'이라 '도청도설'이라 했음은 멀리 창창한 『한서漢書』의 고전이거니와, 그때 이미 얼마나 정시正視한 소설관小說觀인가! 소설은 진화까지는 하지 않는다. 『한서』가 해놓은 정의를, 오늘 소설이 꼼짝 벗지 못하는 것이다. 도청도설, 요즘으로 말하면 신문이다. 한 개 목적을 위해 효과적이게 편집된 인간 신문이다. 감각도 좋고, 스타일도 좋고, 지성, 품격도 다 좋으나 이런 것들은 결국, 자기를 어서 윤색해보려는 창백한 젊은 산문가의 신경쇠약이 아니었던가? '현세의 제 현상諸現象에 촌가寸暇의 방심이 없는 가장 정력적인 집착의 기록', 문자로 흐르는 곤곤滾滾한 인간장강人間長江이 곧 산문, 곧 소설의 정체正體요 위용일 것이다. 소설은 '누가 썼는가'가 문제가 아니라 '누가 보았는가'가 먼저 문제여야 할 것이다. 오늘 작가들로서 가장 반성해야 될 것은 시력의 박약, 산문을 수예화手藝化시키려는 데서 일어나는 '욕교반졸欲巧反拙'이 아닐까. 이것은 누구에게보다 내 자신에게 하는 말이다.

요즘 소설행문小說行文에 한자어들이 한자 그대로 드러나기 시작한다. 도청도설의 본연을 위해서는 불길한 현상이다. 나도 수년 전에 「우암노인愚庵老人」이란 소편小篇에서 한자를 시험해 보았다. 사소설私小說의 맛, 수필적인 풍미를 가하는 데는 가장 효과적이다. 그 대신 대뜸 폐해가 생긴다. 한자 나오는 문구다운 조화를 지키자니, 의음擬音, 의태어擬態語를 되도록 덜 쓰려 든다. 우리처럼 성음생활聲音生活에 의음, 의태를 정확하게, 또는 풍부하게 쓰는 사람들이 어디 있는가.

　빤드를한 머리 밑에 빨간 자름당기를 감아서 뽀얀 오른편 볼을 잘록 눌러 입에 물고……

―염상섭, 「전화」의 일절

　이골 물이 주루루룩, 저골 물이 솰솰, 열에 열 골 물이 한데 합수하여 천방져 지방져, 소코라지고, 평퍼져 넌출지고, 방울져 저 건너 병풍석으로 으르렁 꽐꽐 흐르는 물결이……

―「유산가遊山歌」의 일절

얼마나 구체적이라기보다 끈기찬 정력적인 표현인가? 산문세계를 조형하기에 이처럼 차진 점토를 어찌해 우스꽝스럽게 여기고, 그 조촐한 맛에만 끌려 모래를 섞을 것인가? 다른 글에서는 한자흥漢子興을 즐겨 무관할 것이나, 소설, 가담항설에 있어서는, 애쓴 보람이 없이, 제걱 자기의 표현을 개념화시키는 낭패만이 없지 않을 것을 미리 경계한 필요는 필요치 않을까.

학생들이 소설을 읽는 것은 좋지 못하다. 소설에 팔려버려 다른 공부를 제대로 못 하기 때문뿐이다. 다른 공부를 제대로 하면서 읽는 소설은 물론 좋다. 나아가서는 그렇게 하기를 권려勸勵해야 할 것이다. 세상이라거나, 인정이라거나를 모르는 것만이 천진天眞은 아니다. 그것은 백치요 천진은 아니다. 백치와 천진을 구별하지 못하는 교육자들이 많아, '소설'이라면 공연히 백안시한다. 『격몽요결擊蒙要訣』을 문학이라고 강의하는 유의 부유지말腐儒之末들이다. 가정에서나, 학교에서나, 덮어놓고 근엄 제일주의, 그것은 수하자手下者를 위해서보다 자기들의 무지와 나태를 가려 나가는 유일한 무기였다. 아직도 동양에서는 선후진사회를 불문하고 이런 고루한 두뇌자들이 청소년들의 감정화원感情花園을 얼마나 무지하게 짓밟고 섰는가!

제 5 부

동화

쓸쓸한 밤길

아이마다 즐겁게 잠을 깨는 단옷날 아침이었으나, 영남이는 이 날도 다른 날 아침과 같이 그 꼬집어 뜯는 듯한 아주머니 목소리에 선잠을 놀라 깨었습니다.

어린 마음에 울고 싶은 생각도 아침마다 치밀었으나 이만한 설움은 하루에도 몇 차례씩 겪는 일이요, 울지 않아 몸부림을 하더라도 영남이의 하소연을 받아 주고 위로해 줄 사람은 한 사람도 없었습니다. 집집마다 있는 아버지, 아이마다 있는 어머니가 영남이에게는 어느 한 분도 계시지 않았습니다.

영남이는 아직 컴컴한 외양간으로 들어가 소를 몰고 나왔습니다. 이것은 영남이가 매일 아침 눈을 뜨면서부터 맡아 놓고 하는 일의 시작이었습니다. 해도 퍼지지 않은 차가운 이슬밭을 드러난 정강이로 헤치며 밭머리를 올라갈 때, 어청어청 따라오는 황소도 그 껌벅거리는 눈 속에 아직 잠이 서려 있거늘, 나 어린 영남이야 얼마나 아침 이슬이 차갑고 설친 잠이 졸렸겠습니까? 그러나 영남이는 이만한 일은 벌써 졸업이 되어서 아무렇지도 않았습니다.

영남이가 풀 많은 산기슭에 소를 매어 놓고 다시 집으로 내려오는 길이었습니다. 어디서 영남이를 보았는지 여기 있는 것을 모르고 공연히 한참 찾아다녔다는 듯이, 이슬에 젖은 꼬리를 뒤흔들며 뛰어오는 큰 개 한 마리가 있었습니다. 그 개는 쓸쓸한 영남이의 둘도 없는 동무인 바둑이였습니다. 바둑이는 영남이가 김매러 가면 그도 밭머리에 나와 있었고, 영남이가 나무하러 가면 그도 산에 따라와 있었습니다. 바둑이가 영남이를 어찌 좋아하는지 누가, "영남아" 하고 부르면 영남이보다도 바둑이가 어디선지 먼저 뛰어오는 때가 많았습니다.

영남이는 집에 들어오는 길로 안방으로 들어가, 사기요강, 놋요강을 찾아 들고 걸레를 모아 들고 앞에 있는 개울로 나왔습니다. 물론 바둑이도 꼬리를 흔들며 따라 나왔습니다. 영남이가 바둑이가 어쩌나 보려고 일부러 걸레를 떨어트리고도 모르는 체하고 개울까지 와서 돌아다보면, 바둑이는 으레 그 걸레를 물고 와서 서 있었습니다.

이 날도 영남이는 바둑이 입에서 걸레를 빼서 빨아 놓고, 요강도 부셔 놓고, 자기가 세수를 하는 때였습니다. 그때에 누구인지 영남이 뒤에서 영남이가 세수하느라고 돌 위에 꼬부리고 앉아 있는 것을 얌체 없이 왈칵 떼밀어서 물 속에 텀벙 빠지게 하고, 그리고 영남이가 물에서 나오기 전에 놋요강 하나를 흘러가는 개울에 띄워 놓고 달아나는 아이가 하나 있었습니다. 그 아이는 영남이와 남도 아니었습니다. 영남이가 지금 있는 집 아주머니의 아들 대근이였습니다. 대근이는 영남이보다 세 살이나 위요 영남이가 못 다니는 학교에까지 다니는 형으로서, 걸핏하면 공이나 차듯 영남이를 차고, 영남이는 알아듣지도 못 하는 일본말로 욕을 하고 놀리고 비웃고 하였습니다.

사실 지금 대근이네가 사는 집은 영남이네 집이었습니다. 영남이가 어머님 한 분과 바둑이와 그리고 일꾼을 두고 남의 땅을 부치면서라도 재미있게 살아가던 영남이네 집을, 영남이의 어머님이 돌아가시자 대근이네가 옛날에 돈 받을 것이 있다는 핑계와 영남이를 데리고 있으면서 길러주겠다는 핑계로, 자기네 집은 팔아 가지고 영남이네 집으로 왔던 것입니다. 그러므로 영남이는 자기 집에 있으면서도 아주머니와 아저씨에게 안방을 빼앗기고 대근이에게 건넌방까지 빼앗기어, 영남이는 할 수 없이 일꾼이나 자던 더러운 사랑방으로 밀려 나오고 말았습니다.

그러나 어디 그것뿐입니까? 이제 열세 살밖에 안 되는 영남이는 사랑에서 자는 만큼 일꾼이 할 일을 모두 맡아 하게 되었고, 부엌에서 밥을 먹는 만큼 숭늉 가져오너라 하면 숭늉 떠 가고, 설거지하여라 하면 설거지도 하여 부엌 어멈이 할 일까지 모두 영남이가 하면서도, 아저씨에게 아주머니에게 대근이에게 걸핏하면 매

맞고 욕먹고 하는 것입니다.

영남이는 물 속에서 나와 달아나는 대근이를 못 본 것이 아니었으나, 쫓아가려 하지도 않고 욕도 하지 않고 돌멩이를 들어 팔매 치려고도 하지 않았습니다. 다만 분을 참지 못하는 그의 얼굴에는 뜨거운 눈물이 흘러내리는 물과 함께 떨어졌을 뿐입니다. 그리고 깊은 데로 내려가던 놋요강은 바둑이가 헤엄쳐 들어가 물고 나왔습니다.

몸에서 물이 흐르는 영남이와 바둑이는 아궁 앞에서 마주앉아 그래도 단옷날이라고, 이 날은 바둑이도 눌은 밥을 먹고 영남이는 흰밥 한 그릇을 얻어먹었습니다. 그러나 아주머니는,

"단옷날은 비를 들면 손목이 떨어지니?"

하고 마당 안 쓴 것만 사설할 뿐이요.

"왜 옷이 젖었니?"

하고 물어 보지 않고 갈아 입을 옷도 주지 않았습니다.

영남이는 다른 날 같으면 호미를 찾아 들고 밭으로 나갈 것이나, 오늘은 설거지와 마당 쓰레질만 하고 바둑이와 함께 뒤꼍으로 갔습니다. 뒤꼍에는 느티나무처럼 큰 살구나무가 하나 있었습니다. 그 살구나무는 영남이가 볼 때마다 어머니 생각이 저절로 나게 되는 살구나무였습니다.

영남이의 어머님은 영남이가 단오에 입을 옷을 늘 이 살구나무 밑에 나와서 자리를 깔고 다리셨습니다. 또 영남이가 글방에 다닐

때 집에 와서 글읽기 싫으면, 어머님 몰래 늘 이 살구나무에 올라
가 놀았습니다. 그러면 어머님이, "영남아, 영남아" 부르시면서 뒤
꼍을 지나가시면서도, 살구나무 위에 있는 영남이를 쳐다보지 못
하시고 가셨습니다. 영남이는 이런 일을 살구나무를 볼 때마다 생
각하게 되고 어머님이 그리워 울었습니다.

영남이는 젖은 옷을 벗어 울타리에 널어 놓고 발가벗은 채로
살구나무 위에 올라갔습니다. 잎이 우거져 보는 사람은 없었으나,
바둑이는 영남이와 같이 눈물이나 흘리는 듯이 두 눈을 껌벅거리
며 살구나무 밑에 웅크리고 앉아 치어다보고 있었습니다.

새 옷들을 입고 그네 터에 모여 그네 뛰며 노는 대구이나 다른
아이들은 이마에서 땀이 흐르지마는, 나무 그늘 속에서 빨가벗고
앉아 있는 영남이는 소름이 끼치도록 떨렸습니다. 영남이는 가지
마다 조롱조롱 달려 있는 새파란 풋살구를, "하나, 둘" 하고 세어
보다가도, 바람이 우수수 하고 나뭇잎을 흔들며 지나갈 때에는 그
만 진저리를 치며 떨었습니다. 그리고 어머님이 그리웠습니다.

'아, 나는 영영 어머님이 없이 이렇게 살아야겠구나!' 하고 눈물
을 씻었습니다.

'내가 아무리 이 집에서 개나 소와 같이 있는 힘과 있는 정성으
로 진일 마른일 가리지 않고 해 준다 하더라도, 나의 입에는 언제
든지 눌은밥이다. 나의 몸엔 언제든지 이슬과 흙에 젖은 누더기
다. 나는 언제든지 이 모양으로만, 이런 사람으로만 살아야 할까?

쓸쓸한 밤길

영남이는 지나간 날의 어머님을 생각하는 것보다도 자기의 장래를 생각하고 더욱 슬펐습니다.

영남이는 이와 같이 하늘도 보이지 않는 녹음 속에서 혼자 마음놓고 울고 있을 때, 갑자기 아래에서 바둑이가 내달으며 짖는 소리가 났습니다. 그리고 여러 아이들이 "하하" 웃는 소리가 올라왔습니다. 내려다보니 대근이가 울긋불긋한 새 옷 입은 동리 아이들을 몰아 가지고 와서, 벌거벗고 나무 위에 있는 영남이를 가리키며,

"저놈의 새끼 보아라. 빨가벗고 올라가서 익지도 않은 살구만 따먹고…… 내 저놈의 새끼 맞히거든 보아라."

하며 밤톨만한 돌을 집더니 이를 악물고 팔매 쳤습니다. 영남이는 볼기짝을 맞았습니다. 둘러섰던 아이들은 '으하하' 하고 손뼉을 칩니다. 이 광경을 보는 바둑이가 대근이를 보고 짖었으나 대근이는 싱긋벙긋거리며 다시 돌멩이를 집으려 할 때, 영남이는 어느덧 나는 듯이 땅 위에 뛰어내렸습니다. 그리고 벌거벗은 팔뚝으로 대근의 멱살을 움켜잡았습니다.

"너는 내 형도 아니다. 내가 네 집에서 나가면 고만이다."

하고 영남이는 대근이를 꼴단 메어치듯 하였습니다. 구경하던 아이들이 쫙 흩어지자, 어떤 아이가 벌써 대근이의 어머니를 불러왔습니다. 대근이를 깔고 누르는 영남이를 본 대근이의 어머니는, 울타리를 버텨 논 작대기를 잡아 뽑더니 영남이의 정강이를 후려

갈겼습니다.

"이 놈의 새끼, 도척이 같은 놈의 새끼, 형을 몰라보고."

그 무정한 아주머니는 발목을 안고 나둥그러지는 영남이의 볼기짝을 또 한 번 후려갈기더니, 대근이를 껴안고 나갔습니다. 몇몇 아이가 남아 서서 눈이 뚱그래서 영남이의 꼴을 구경하고 있었으나, 대근이의 어머니는 다시 와서 그 아이들까지 몰아내고, 발목을 안고 뒹굴고 우는 영남이 옆에는 말 못하는 바둑이만 설렁거리고 있었습니다.

그날 밤이었습니다. 영남이가 시퍼렇게 부은 발목을 앓고 누워 있는 사랑방에는, 아침에 영남이가 기어들어오고 닫은 문이 점심때가 지나고 저녁때가 지나고 밤이 깊어 가도록, 누구 한 사람 열어 보는 사람이 없었습니다. 목이 마르나 물을 청할 사람이 없고, 배가 고프나 밥을 갖다 주는 사람이 없었습니다. 영남이는 결심하였습니다. 베었던 베개를 집어 팽개치고 발목이 아픈 것도 깨달을 새 없이 불덩어리 같은 몸을 일으켰습니다.

"나가자, 나가자. 이놈의 집을 나가면 고만이다."

영남이는 비틀거리며 문을 열었습니다. 문 밖에는 바둑이가 일어섰습니다.

"가자, 바둑아. 우리 집이지만 떠나자."

바둑이는 꼬리를 치며 앞섰습니다. 벌써 밤은 깊은 때였습니다. 영남이는 절름거리며 앞개울에 나와 물을 마시고 징검다리를 건

넘었습니다. 그리고 자기가 지게 지고 다니던 산비탈을 돌아 벌판 위에 나섰습니다. 하늘에 총총한 샛별들은 영남이의 앞길을 인도하는 듯이 빛나고 있었고, 멀리 바다에서 들려오는 파도 소리는 영남이의 고생 많은 앞길을 걱정하는 것도 같았습니다.

아, 밤길은 쓸쓸하였습니다. 고향을 떠나는 것이 슬펐고, 어머님 생각과 발목이 아파서 절름거리며 울면서 걸었습니다. 그러나 밤은 머지않아 밝을 것이며, 한참씩 달음질쳐 앞서 가던 바둑이가 도로 와서 영남이의 옆을 서주고 서주고 하였습니다.

『어린이』 1929. 6.

눈물의 입학

뚜 하는 뱃고동 소리는 귀남이 잠귀에도 울렸으니, 주인 아주머니 귀에 그냥 지나칠 리가 없었습니다.

"잠이 들지 않고 썩어졌니, 배가 들어오는데 그냥 자빠졌으니……."

기어이 찢어지는 듯한 주인 아주머니의 꾸지람이 내렸습니다. 귀남이는 두말없이 부스스 털고 일어났습니다. 서울서 온 밤차의 손님이 들어서 두 벌 저녁을 해 치르고 나니, 새로 두 시에야 눈을 붙였는데 아직 동도 트기 전 네 시도 못되어, 이번에는 듣기만 하여도 귀남이에게는 소름 끼치는 뱃고동 소리가 울려 왔습니다.

이곳은 원산이요 귀남이가 있는 집은 객주하는 집이라 아침 저녁 할 것 없이 차(기차)가 지나갈 때마다, 귀남이는 손님 이끌러 나가야 하고, 손님을 데려오면 주인 아주머니와 같이 밥솥에 불을 때야 하고, 상을 차리고, 그 상을 나르고, 그 설거지를 다 해 치르고, 그리고 또 정거장, 그리고 또 설거지가 끝이 없었습니다. 그러나 정거장 손님뿐이라면 일정한 시간이 있어 잘 때에 잠만은 마음 놓고 잘 수가 있을 것이나, 부산이나 청진 같은 데서 밤낮을 가리지 않고 때없이 들어오는 배 마중 다니는 것이 제일 귀남이를 괴롭게 하였습니다.

귀남이는 선잠 깨인 눈을 비비며 '청진려관'이라고 쓴 주인집 초롱에 불을 켜 들고, 새벽 바람이 뺨을 에는 듯한 빈 밤길 위에 혼자 나섰습니다. 귀남이는 밤배 맞이가 처음이 아니었지만 이 날은 별로 서러운 생각이 치받쳤습니다. 집집마다 덧문을 걸어 닫고 달게 잠자는 새벽길에, 저만 혼자 언 땅을 밟으며 타박타박 걸어가는 것이 울고 싶도록 성나고 안타까운 일이었습니다. 그는 부두에 점점 가까이 오는 뱃고동 소리가 다시 한 번 울려올 때, 얼음 깔린 길 위에 걸음을 빨리하면서도 자기의 고생스런 신세를 잊어버릴 수가 없었습니다.

귀남이는 이제 열네 살밖에 안 된 자기 알몸뚱이 하나밖에는 아무것도 없는 외로운 소년이었습니다. 삼촌 집에서 있으면서 소학교는 졸업하였으나 더 공부할 길이 막혀 고학이라도 해 보려는 결심으로 도회지를 찾아 나온 것이, 어찌어찌하여 원산까지 오게 되었고, 서울까지 가는 차비만 생기면 원산도 떠나려 하였으나, 차비는커녕 하루 세 끼, 이 손님, 저 손님이 남긴 찬밥 덩어리 주

222
제5부 동화

위 먹는 것만으로도 이처럼 밤낮없이 거친 일에 매여 있는 것이었습니다.

귀남이는 두 손님을 맞았습니다. 귀남이보다는 두서너 살 더 먹어 보였으나 모두 어린 학생 손님들인데, 그들은 귀남이가 있는 주인댁의 고향인 청진 학생들이므로 '청진려관'이라는 귀남이의 초롱을 보고 귀남이를 따라오게 된 것입니다.

귀남이는 두 학생의 고리짝을 지고 어두운 밤거리에 그들을 앞서 걸었습니다. 두 사람의 짐이라 무겁기도 하였지만, 귀남이의 가슴 속에는 짐이 무거운 생각보다도, 이제 가서 새벽밥을 지을 생각보다도, 그 두 학생이 서울 가는 길에 그 고리짝을 그대로 지고 쫓아가고 싶도록 부러운 생각뿐이었습니다.

'벌써 삼월 초순인데……. 남들은 모두 상급학교로 가는데, 나는 또 일년을 이렇게 보내야 하나…….'
하고 귀남이의 눈에서는 따라오는 학생들도 모르게 눈물이 방울방울 떨어졌습니다.

그 이튿날입니다. 귀남이는 서울 가고 싶은 생각이 부쩍 일어났습니다. 귀남이를 종처럼 들볶아 먹던 주인집 아들 을롱이까지 고향 학생들과 같이 동행하여 서울 간다는 말을 듣고, 귀남이는 더 일손이 손에 잡히지 않았습니다. 걸핏하면 돌멩이나 부지깽이나 잡히는 대로 때리고 할퀴던 을롱이가 없어지는 것이 시원한 생각도 없지는 않았으나, 그보다도 자기를 지금도 그처럼 구박하는 을룡이가 서울로 공부 간다는 것은 장차 자기 같은 사람을 지금보다도 더 몇 배 구박할 준비로 가는 것 같았습니다.

그래서 귀남이는 생각다 못해 을룡이 아버지에게 사정하여, 서울까지 가는 차표만이라도 하나 사 달라고 애원해 보았습니다. 그랬더니 열 달이나 넘게 밤잠도 재우지 않고 소나 말처럼 부려먹던 주인이건만,

"네까짓 자식이 공부가 무슨 공부냐, 일하기 싫거든 냉큼 나가!"

하고 귀남이 등덜미를 내밀었습니다. 그뿐이겠습니까? 어디서 엿들었는지 을룡이가 뛰어들어오며,

"옛다. 서울 가는 차표다."

하며 귀남이의 뺨을 올려붙였습니다. 귀남이는 아픈 뺨을 만지며 정신없이 을룡이를 쳐다보았습니다. 을룡이는,

"쳐다보면 어쩔 테냐."

하고 귀남이 얼굴에다 침을 뱉었습니다. 귀남이는 그래도 침을 씻고 돌아서려는데 을룡이는 다시,

"네까짓 게 서울 공부를 가?"

하고 이번에는 발길로 피해 가는 귀남이 허리를 찼습니다. 여기서는 마음 착한 귀남이도 더 참을 수가 없었습니다. 그만 귀남이가 나는 듯이 달려들었더니, 을룡이는 캑 소리를 지르고 나가떨어졌

습니다.

을룡이가 뒷간에 앉아서 뒤지 가져오너라 하면 뒤지를 들고 갔고, 입에 물고 서 있어라 하면 개처럼 입에 물고 서 있던 귀남이도, 이제는 더 참을 수가 없었습니다. 귀남이는 나가떨어진 을룡이에게 다시 덮치려 하였으나, 을룡이 아버지의 쇠갈쿠리 같은 손이 귀남이의 등살을 낚아채었습니다. 뒤로 물구나무를 서며 나가둥그러지는 귀남이에게는 을룡이 아버지의 무지한 매가 사정없이 내리덮쳤습니다.

을룡이네 집에서 내쫓긴 귀남이는 찾아갈 집도 없이 날마다 손님 마중 다니던 정거장에 가서, 남 안 보는 구석을 찾아다니며 온종일 온 하룻밤을 눈물로 지냈습니다.

귀남이는 후회하였습니다. 자기가 너무 편안스럽게 차만 타고 서울 가려던 것을 후회하였습니다. 그리고 결심하였습니다. 원산에서 서울까지 걸어서 갈 것을 결심하였습니다. 멀리 눈 덮인 설봉산을 바라보며 손을 내둘렀습니다. 갈마를 지나고 안변벌을 지나 눈에 파묻혀 길이 없는 삼방 골짜기 같은 데서는 몇 번이나 산비탈에 내리구르다가도 나무 밑동을 붙안고 일어서고 일어서고 하면서, 철로 길로 다리를 건너다가 철로꾼들에게 뺨도 맞고 찻길에 떨어진 벤또 그릇에 말라붙은 밥알도 떼어먹으며, 하루, 이틀 걸은 것이 원산을 떠난 지 열하루 만에야 서울 동소문 밖 삼선평 벌판에 다다랐습니다. 귀남이는 멀리 석양에 그늘진 동소문 산성을 바라보게 될 때, 자기도 모르게 언 입을 열어 고함을 질렀습니다.

"서울이다! 나의 싸움터, 서울이다! 자! 서울이다!"

하고…….

그 후 이십여 일이 지난 어느 토요일 오후였습니다. 서울서 유명한 ×고등보통학교에는 그 넓은 앞마당에 어른 아이 할 것 없이 수천 명의 군중이 모여들었습니다. 그리고 혹은 즐거워 경중경중 뛰는 아이들도 있고 혹은 구석구석에 원통하여 눈물을 짜고 우는 아이들도 있었으나, 이 날은 그 ×학교 입학 시험의 방이 나붙은 날입니다.

그런데 원산에서 온 청진려관 주인집 아들 을룡이도 이 학교에 입학 시험을 치렀습니다. 그러나 을룡이는 경중경중 뛰노는 아이들 틈에 싸이지 못하고 구석구석에 울고 서 있는 아이들과 한패가 되고 말았습니다. 을룡이뿐만 아니라 귀남이도 이 ×학교에 입학 시험을 치렀고, 이날 방을 보러 왔다가 그만 구석을 찾아가 느껴 울고 말았습니다.

그것은 귀남이가 을룡이와 같이 떨어졌기 때문에 그런 것은 아니었습니다. 자기 이름이, 차비도 없이 원산에서 서울까지 열하루 동안이나 발이 얼어 주저앉고, 허기가 져 쓰러지며 걸어온 천하디천한 자기 이름이, 수천 명이 치러서 단 이백 명 뽑히는 속에서도 제일 첫째로 나붙은 것이 너무도 남의 일처럼 감격하여, 그때까지

참아 오던 모든 설움이 한꺼번에 터져 나왔기 때문입니다.

귀남이는 눈물을 주먹으로 씻으며, 놀란 사람처럼 그 자리를 일어섰습니다. 그것은 신문 배달하러 갈 시간이 되었기 때문에…….

귀남이가 ×학교 교문을 나서 눈 아래 즐비한 서울을 내려다보며 뚜벅뚜벅 내딛는 발걸음은, 마치 서울 덩어리를 혼자 짓밟고 나가는 것처럼 장엄스러웠습니다.

『어린이』 1930. 1.

눈물의 입학

물고기 이야기

때는 이른 봄이었습니다. 멀리 부산 부두에 보이는 듯 마는 듯한 아지랑이 장막이 드리워 있고, 새파란 속잎 돋는 절영도 부근에는 비단 같은 물결 위에 봄맞이 놀잇배들이 여기저기서 얇은 돛을 날리고 있습니다. 그러나 그 바닷속에서는 그와 반대로 이 구석 저구석에서 애처로운 송별회가 열리게 되니, 이것은 해마다 봄이 되면 남양으로부터 치미는 세력이 영흥만 부근까지 미치게 되므로, 겨울 동안은 부산바다 속에서 한류의 고기들과 난류의 고기들이 재미있게 모여 놀다가, 이때가 되면 한류의 고기들은 할 수 없이 북방으로 떠나게 되는 까닭입니다.

동회춘별의 그 동안이나마, 서로 불쾌히 지내다가 작별하는 분들도 계시겠지만, 그 중에는 왜 이제야 알게 되었던가 하고 다정하게 지내다 할 수 없이 작별하는 분들도 계십니다.

지금 말씀드리고자 하는 것은 가자미, 청어, 대구 세 분에 대한 이야기올시다. 청어와 대구는 본래 한류 지방인 함경북도 웅기만의 태생이고, 가자미는 난류 지방인 제주도 해협이 자기의 고향입니다. 그런데 청어와 대구는 가자미를 만난 지 3개월 동안(겨울 동안)에 다시 없는 친구가 되어서, 연차를 따라 가자미가 맏형이 되고, 청어는 둘째, 대구는 셋째로 의형제까지 모았습니다.

그리하여 가자미는 두 동생을 데리고 경치 좋은 곳으로 다니며 구경도 시켜 주고, 또 두 동생은 한류 지방에 재미있는 전설 같은 것을 들려주기도 하여, 3개월간을 하루같이 재미있게 지내 왔습니다. 그러나 불행히 난류가 들이밀고, 한류는 밀려가게 되어, 할 수 없이 그들은 작별하게 되었습니다.

하루는, 청어와 대구는 떠나갈 행장을 마친 후 형 가자미에게 고별차 찾아갔습니다. 그리고 그들은 가자미에게 말하기를,

"형님, 기후가 점점 더워 오므로 우리는 고향으로 피서가지 않을 수 없습니다. 겨울에나 다시 이곳에서 만나 뵈올 수밖에 없습니다."

하고 고별을 한즉, 가자미는 섭섭한 안색으로 두 아우에게 맛있는 음식으로 대접한 후 이렇게 말하였습니다.

"이제 자네들이 이곳을 떠남은 할 수 없는 경우이고, 웅기만으로 말하여도 천여 리 원정이니 도중에 여하한 흉운이 있을지도 모르니까 저어 낙동강에는 미여기라는 어른이 계신데, 그는 나의 선생인 바 관상으로 유명하시니 그 선생을 찾아가 관상이나 한번 보

고 떠나는 것이 좋겠다.”

고 말하였습니다. 이 말을 들은 청어와 대구는 반가운 어조로,

  “요사이는 이 세상 밖에 사는 사람이란 것들이 우리를 잡으려
고 그물과 낚시를 많이 치니까 실로 위험하므로, 그 선생을 찾아
보고 감이 좋은 일입니다.”

  대답한 후 그들은 낙동강으로 메기 선생을 찾아갔습니다. 그리
하여 가자미가, “이리 오너라” 부른즉 마침 메기가 넓적한 얼굴에
흰 수염을 넘실거리며 나와, 그들을 반가이 맞아 자기의 서재로
인도한 후, 이 이야기 저 이야기 한참 한 후에 가자미가 찾아온
바, 말을 하려 할 즈음에 메기가 먼저 말하기를,

  “여보게 청어 군? 자네가 해몽을 잘 하지?”

  청어가 눈 한 번 슬쩍 감았다 뜨더니,

  “잘은 못하지마는 쉬운 꿈이나 풀어 보지요.”

  메기는 희색이 만면하여서 말하기를,

  “그래, 내 벌써 관상하니까, 꿈깨나 풀어 본 것 같길래 묻는 말
일세. 그러면 내 어젯밤에 훌륭한 꿈을 꾸었으니, 이것 좀 풀어 보
게.”

하더니 수염을 한 번 쓰다듬은 후 꿈 이야기를 시작하였습니다.

  “내가 산보차로 우리 내자와 함께 이웃 동리를 지나 올라가다
가 우리 내자가 여의주를 하나 얻었는데, 내자가 말하기를 이것만
먹으면 승천한다고 나에게 먹기를 권하는데 그려. 그래 나는 몇

번 사양하다가 내 생각에도 계집이 승천하는 것보다 내가 먼저 가서 내자를 오도록 하는 것이 도리인 듯하여 내가 먹었네. 목에 넘어가자마자, 하늘로 올라가는데 정신 모르겠데. 얼마 후 어딘가 철썩하고 떨어지는 것 같으나, 아마 그곳이 용궁인가 봐! 그런데 그곳에서도 신체검사를 하는지 내 주머니를 들추고, 또 자로 신장을 재는데, 한 자마다 내 몸에 금을 긋데 그려. 그런 후에 얼마 안 돼서 은가루 같은 눈이 쏟아지는데, 그건 참 우리 세상에서는 볼수 없는 절경이야. 그러나 눈 맞은 몸이라 좀 떨리데. 그런 중 이번이 정말 용궁 안이야. 아랫목같이 따뜻한 데서 드러눕게 되었는데 진정이지 그 편안함은 실로 용궁 맛이더라. 그리고는 그대로 잠이 들어 그 후는 전연부지일세 이게야말로 용 될 꿈 아닌가?"

하고 메기는 수염을 찡긋거리며 청어의 대답을 기다렸습니다. 그러나 청어는 고개를 숙인 채 두어 번 흔들더니 하는 말이,

"그 꿈 아주 괴악합니다."

좋은 대답을 기다리던 메기는 놀란 듯이 두 눈을 힐끗하며,

"그 꿈이 괴악하다니? 더 좋은 꿈이 어디 있나? 좌우간 어서 해몽이나 하게……."

"저는 해몽해 드리기가 미안합니다마는 좌우간 해몽하시라니까, 풀리는 대로 여쭙겠습니다. 선생님, 선생님이 잡수신 것은 여의주가 아닙니다. 이 세상 밖에 사는 사람이란 놈들이 우리를 잡으려고 낚시에 미끼를 끼어 담근 것이올시다. 그리고 어딘지 가서

철썩 떨어지신 것은, 사람들이 낚시가 동함을 알고, 낚시를 잡아 챈 까닭으로 그 놈들 사는 육지로 나가떨어지신 것이고, 주머니를 들춘 것은 선생님 배를 째고 오장을 끌어낸 것입니다. 또 자로 재 고 금을 그은 것은 선생님을 토막친 것이고, 눈이 온 것은 소금을 뿌린 것입니다. 그런데 나중에 따뜻한 아랫목에서 주무신 것은 선 생님을 지져 먹으려고, 냄비 안에 모시고 불을 땐 것입니다. 참 꿈 도 괴악합니다."

이 말을 들은 메기 선생은 분기가 비등하여서, 기쁨으로 찡긋 거리던 수염이 이제는 노기에 못 이겨 찡긋거리게 되었습니다. 그 러나 청어의 해몽이 하나도 오해 없이 착착 증명하는 고로 분풀이 할 곳도 없었습니다.

이때에 청어는 선생에게 무슨 위안이 될까 해서 하는 말이,

"그때 선생님께서 잡숫지 말고 사모님께서 잡수셨으면 선생님 은 좀 나으실걸!"

이 말에 메기는 위안은커녕 노기가 배도되어 벌떡 일어나더니,

"이놈 그럼, 나더러 상처하란 말이냐? 천하에 목을 벨 놈!"

하고 청어의 뺨을 한 번 때렸습니다.

이 광경을 보는 가자미는 아무리 자기의 선생이지만 그 무례함 이 미워서 흘겨보고 있었고, 대구는 둘째 형이 꿈 해몽하고 맞는 것이 우스워 뒤에 서서 웃기만 하다가 할 수 없이 관상도 못 하고 돌아오게 되었는데, 메기 집을 떠나 나와 본즉 가자미, 청어, 대구

가 서로서로 못 알아볼 만큼 모두 면목이 변하였습니다.

청어는 선생에게 맞아 뺨이 붉은 점이 박히고, 가자미는 선생을 흘겨보아서 두 눈이 한편으로 몰려 붙고, 대구는 선생에게 형 맞는 것을 보고 웃었다 하여 입이 3배 반이나 커졌습니다. 그 후부터는 민물 어류들과 바다 어류들의 왕래도 끊어지고 말았습니다.

여러분? 우리도 선생님 하시는 바는, 어떠하시든지 웃지 말고 흘겨보지 맙시다. 가자미 눈이나 대구 입처럼 되어 장가도 못 가면 어떻게 합니까?

『휘문』제2호, 1924. 6.

제6부

기행문 기타

너

너 입은 옷 아직 인조견人造絹

너 따진 동정 때 묻었어도

너 흥큰 머리 가릴새 없어도

너 정의를 위해선 흘기는 눈과 진리에 부지런한 손은

아모데서나 사 신은 검은 고무신으로 숨차게 숨차게 우리를 따
르며 떠밀며 오는 너

네 붉은 손 우리 손에 창검일 바에 네 흰 이마 우리 가슴에
외논성스러울 바에

어떤 세찬 바람도 불어라

어떤 세찬 빗발도 뿌리어라

아직도 우리 세대는 고달프다

아직도 역사는 우리에게 시련을 요구한다

우리는 바쁘고 우리는 생각해야 하고 우리는 때로 슬퍼야 한다.

너 우리 심부럼 잘하는 누이

너 우리 편이기 위해선 목 쉬어도 좋은 동지

너 우리들의 지난날 슬픔 함께 맛보았기에

너 오늘 우리 괴로움 엿보아 우는 사람

너 따진 동정 때 묻었서도

너 흥큰 머리 못 가리었어도

너 착한 내 누이

너 아름다운 동지 우리들의 그윽한 사람

『현대일보』 1946. 3. 26.

먼저 진상眞相을 알자

파괴적인 편당심이 낳은 민족분열

자기비판 반성으로 자멸행동 말자

8월 15일 우리는 곧 독립이 된 줄 알았다. 대통령에 누구, 육군 대신에 누구, 민중은 우리 독립국의 각료성명까지 외고 있었으나 현실로 나타난 것은 38도선이요 북에는 인민위원회, 남에는 미군 하지 중장의 천하였다. 감격과 흥분은 늘 사태의 진상을 제대로 파악하지 못한다. 감격이 식는 반비례로 민중은 38도선 민족반역 자들의 통일전선 분열, 모리배들의 경제교란, 외국 군경의 치안 간섭 등으로 새 부자유와 짜증만 높아가는데, 3상회담三相會談에 서 기다렸던 자주독립이 아니라 신탁통치설이 불거진 것이다. 자 라보고 놀란 가슴에 소당뚜껑이 떨어진 것이다. "국제노예가 되기 보다는 차라리 죽어버리자!" "죽음으로 싸우자! 피로 대항하자!"

그리고 "미국인의 손으로 낙원이 되기보다 필리핀인의 손으로 지옥이 되자!"한 필리핀 독립운동가들의 말까지 빌어다 부르짖을 만큼 우리는 또 한번 흥분했던 것이다. 현재 조선인의 심리로서 결코 무리가 아니었던 것이다. 문제는 진상을 아는 데서부터 있다. 저편의 진의를 알고야 절교를 하든 친선을 하든 정확한 판단을 할 것 아닌가. 이미 정계에서 그리고 일반 지도자층에서 3상회담을 지지하자는 주장이 서고, 한편 '신탁통치'라고 오전된 그 진상을 천명소개하며 있으니까 이제 여기서 여러 말을 피하거니와, 나는 우리 조선인이 연합국에 대한 '관념의 수정'을 이 기회에 말하고 싶은 것이다. 이것은 앞으로도 지피지기, 즉 남을 알고 나를 알아 나가는 데 필요한 근본태도 문제이기 때문이다.

　최근 36년 간 우리 민족의 교육 교화는 일제의 음모와 강제에 서였다. 우리의 애국자를 불령선인이라 해서 우리 동포로서 제 손으로 잡아가고 고문하고 죽이고 한 일이 얼마나 많았는가? 미국의 자유주의나 소련의 공산주의에 대해서도 일제가 우리에게 넣어준 관념이란 얼마나 그릇된 것이었는가. 우선 연합국의 중요국가의 하나일 뿐 아니라 지리적으로 미국보다 오히려 가까운, 그리고 약소민족에게는 어느 나라보다 도의적일 수 있는 가장 혁명노력에서 통치되는 '소련'을 그 전 일제시대에 적대시해서 불리던 '무법소련' 그대로, '악도공산당' 그대로 부르며 그대로 알 뿐 더 인식을 못하거나 인식을 고치려 하지 않는다면 그것은 누구나 그자신의 중대한 불찰일 뿐 아니라 새 조선의 공민으로는 무자격자인 것이다. 일제시대에 행복했던 소수의 민족반역자 외에는 민족 전체가 일제의 희생물이었다.

그 악의 폭군을 물리쳐준 것이 연합국이라면 연합국의 일국일뿐 아니라 가장 발언권이 큰 나라의 하나인 소련에 대해서 우리는 원수 일제가 우리 뒤에서부터 넣어준 대로만 소련을 알고 있어서 될 것인가? 제국주의가 가장 꺼려 한 것은 공산주의였다. 일본이 소련을 나쁘게만 선전했을 것은 정한 이치 아닌가. 소련의 좋은 점을 한 가지라도 알아보아 러시아 책은커녕 말만 배워도 잡아가지 않았는가? 우리는 연합국 중 소련에 대해서 제일 모르고 무식한 것이 사실이다. 소련이 우리를 해방시킨 연합국의 하나요, 앞으로 관계가 깊을 나라의 하나요, 더구나 혁명의 나라인 점에서 우리는 소련의 정체를 알자면 먼저 일제가 우리 귀에 못이 되도록 악선전한 무법 소련에 대한, '악도공산당'에 대한 기성관념은 버리고 나서야 할 것이다.

'신탁통치'란 말도 그렇다고 생각한다. 연합국이 샌프란시스코에 모여 전쟁을 벌써 이긴 것으로 가정하고 세계문제를 토의할 때 일본은 얼마나 비위가 상했을 것인가? 그곳에서 토의하는 것, 의결한 것, 그것들도 아직 자기수중에 있는 약소민족들에게 나쁘게만 선전했을 것이 사실 아닌가? '신탁통치'란 말도 속이 비틀린 일본대본영에서 만든 말인 것을 기억해야 한다.

영어 '유틸리즈'나 소련어 '오뾰까'는 '원조와 협력'의 뜻이지 '신탁통치'란 뜻, 더구나 '통치'란 뜻은 없다는 것이다. 없다는 것을 있다고 덤벼 연합국에 대해 트집을 걸어 우리에게 유리할 것이 무엇인가?

미국에 대한 견해도 나는 적어도 두 면으로는 생각해야 할 줄 안다. 미국은 독립전쟁을 해서 독립한 나라요, 민주주의가 가장 원숙한 나라다. 국민 전원이 자유를 사랑하기 때문에 전국 여론이 언제나 약한 자의 편인 것을 믿는다. 이 점에만은 절대의 신뢰를 보낸다. (中略)

소련은 어떤 나라인가? 나는 솔직히 말하거니와 아는 것보다 모르는 것이 더 많다. 그러나 소련은 위에서도 말한바 혁명의 나라인 점에서(상하이서 프랑스가 우리 독립운동가들을 보호한 것도 그 나라가 혁명국이기 때문이었다), 인민의 나라인 점에서 이제 봉건적 잔재를 소탕하고 인민의 나라로 약진하려는, 그래서 세계민주주의의 일환으로서 발전하려는 오늘 조선민족운동에 가장 기여할 수 있는 국가인 것만은 믿어 의심하려 하지 않는다.

그러나 약소민족인 우리로서 미국이나 소련에 다같이 일말의 회의가 없을 수도 없는 것이다. 미국은 자기 자신의 자본세력 유지와 실업문제를 방비하기 위해 조선을 저이 시장화하지 않을까? 소련은 저이 세계연방정책에서 조선에는 당치않은 계급혁명을 강요하지 않을까? 이 점은 조선 자체가 본질적으로 전자의 시장화는 가능하여도 후자의 계급혁명은 불가능한 것이다. 그것은 현재 조선공산당의 태도에도 표시되는 것이다. 아무튼 조선 자신을 위해서는 미국이나 소련이나 다 같은 강자이므로 어느 일방만이 내면에서 간섭하는 것보다는 외면에서 강자 쌍방이 상쇄해 준다면 차라리 실속으로는 조선의 이익인 것이다.

오늘 '신탁통치'라고 일제가 조작한 말대로 오용된 4개국의 '독립원조'라는 것이 다행히 조선에 대한 강자 저이들의 상제책相制策이라면 이야말로 조선이 외교적으로 전취해야 될 길일지언정 굳이 사양할 필요는 없다고 생각된다.

하루아침에 자주독립이 못되는 것은 물론 유감이다. 그러나 왜 지금 새삼스럽게 유감인가? 사실은 8월 15일의 해방부터가 유감인 것이다. 우리 자력으로는 일본을 조선 전토에서는커녕 제주도 하나에서도 축출 못하지 않았는가? 물론 우리 지도자들의 해내해외 지상지하의 혈투를 모르지는 않는다. 그러나 조선 독자의 독립전쟁으로가 아니요, 세계의 민주주의 대파쇼의 전쟁으로 결정된 것이며, 조선 독자의 독립이기보다 세계민주주의 건설로서의 조선독립인 것이다.

만일 강대국 중에 이 민주주의를 간판으로 '민주주의 조선' 건설에 정신적(특히 민족분열)인 것이나 경제적(시장화)인 것이나 어떤 음모가 있다면 이는 거족적으로 항거하지 않으면 안될 것이요, 또 대내적으로 우리 동포 자신들이 파괴적인 편당심으로 너는 친소

파니, 너는 친미파니, 그러니까 너는 매국노니 하는 등 이런 정신적 테러는 민족분열의 자멸행동이니까 3천만 서로가 신중한 자기비판과 자기반성이 필요하다 생각한다.

『자유신문』 1946. 1. 19~21.

사쿠라[*]

　요즘 창경원 앞은 '사쿠라팬'들로 길이 막힌다. 무슨 꽃이든 누가 무엇 때문에 심었든 간에 식물인 이상 봄을 만나 피는 것이요, 어디 사람이든 도시인일 바엔 자연을 누리는 것은 피차 상정일 것이다. 그러나 그 꽃이 일본의 국화인 사쿠라일진댄, 그래서 총독시대에 정책적으로 심어진 황토화皇土化의 자연일진댄 조선사람인 우리 눈에는 아직 무심할 수 없는 것도 역시 상정일 것이다. 그릇이 없어 일본 공기에 밥을 담는 식이나, 옷감이 없어 '하오리'를 뜯어 살을 가리는 것 같음은 워낙 절실한 것이니 어쩔 수 없거니와, 우리가 사쿠라를 못 보는 것쯤으로 이 '춘래불사춘'까지는 느끼지 않을 것이요, 설혹 사쿠라 없이는 춘흥을 못 느낀다치면

* 본래 제목은 「사구라」로 되어 있다.

그야말로 그 사람의 피나 신경은 너무나 심한 일제중독자일 것이다.

우리 산천에서는 사쿠라란 사쿠라는 한 그루 남김 없이 한 뿌리 아낌없이 모조리 베어버리고 싶은 것은 내 속이 너무 좁은 때문일까? '아사히지리가미' 같은 꽃 자체도 속물이거니와 고아한 조선의 향토색이 속물로 인해 얼마나 유린되고 속화되었으며 명승고적마다 신사와 사쿠라 때문에 우리는 산책 한 군데 마음 편히 해본 적이 있었는가?

만월대도 사쿠라요, 부벽루 불국사 부소산에도 사쿠라요, 얼마나 진절머리 넌덜머리나던 사쿠라인가?

일미전쟁이 터지자 미국에서는 수천만 불을 들인 일본문화관을 아낌없이 부숴버리었고, 일본정부의 기증으로 워싱턴공원에 심어졌던 워싱턴 명물의 하나인 사쿠라도 미국인들은 당장에 한 그루 남김없이 베어버렸다는 것이다. 오늘 조선은 의연히 사쿠라를 위에 두고 사쿠라에 등을 밝히고 사쿠라에 목청을 돋음은 무슨 때문인가? 미국 국민보다 잘나서거나 못나서거나 그 두 가지 가운데 하나임은 틀림없을 것이다.

일전 『동경조일』에 '조선은 독립 못한다'는 사설이 났었다 한다. 첫째 이유로 조선인은 애국심, 즉 일본에 대한 적개심이 없기 때문이다. 그 증거로는 조선 사람들이 저이도 못먹는 쌀을 일본에 가져오고 일본 '미깡'을 가져가는 꼴을 보라 했다 한다. 그 사설자의 붓이 만일 오늘 창경원의 '야앵夜櫻' 광경을 본다면 얼마나 좋아서 또 한번 무문舞文할 것인가!

『현대일보』 1946. 4. 24.

오호! 이윤재 선생

　우리에게 아직 정치로 경제로 문화로 완전한 자유가 없다. 그러나 이것들은 우리 민족을 향해오면서 있고, 또 우리 민족이 이를 향해 힘든 한 걸음씩을 내어디디며 있을뿐더러 민족문화의 원료요 기초인 언어와 문자에만은 우선 자유를 얻었다. 모어모문母語母文의 자유란 민족의 가장 고가의 자유로서 특히 단일어족인 우리 조선민족으로서 기쁨이란 절대한 것이다. 이런 최고최귀의 자유를 위해 일생을 바쳐 싸워준 투사의 한 분이 이윤재 선생이요, 저쪽은 온갖 형구를 가졌고 이쪽은 알음으로 비명의 자유조차 없이 맞기만 하는 억울한 전장인 철창에서 견디다 견디다 끝내 절명하고만 이가 이윤재 선생이다. 싸우되 같이 총을 잡고, 같이 칼을 잡고, 같이 질타해보는 싸움인들 죽되 무슨 한이랴! 햇볕과 외진 철창 속에서 손발이 얼어빠지는 영하 20도의 마루방에서 찬 없는 밥덩이나마 배를 불려 본 적이 없이 신문 한 장 못 보는 완전히 격리된 유폐 속에서 일본의 패망을 기다리는 그 심정이란 얼마나 답답했고, 얼마나 은근했고, 얼마나 간곡한 것이었으랴! 민족의 자유를 위해 밥 한 끼 건너본 적이 없는, 뺨 한 번 맞아본 적이 없는 이것들은 살아 오늘 이 자유를 누리거늘, 오! 선생이여, 어찌 그다지 박복하셨던가!

생각하면 선생의 손이 차고 선생의 배가 곯으심이 어찌 옥중에서 뿐이었겠습니까? 우리는 선생의 헐입음과 선생의 배곯으심을 한두 번만 뵈인 것이 아니었습니다. 선생의 가족이 구차하심은 어찌 선생이 아니계신 오늘뿐이었겠습니까? 선생의 입과 손은 언제나 민족을 위해 공복이었지 가족을 위해 판 적이 한 번도 없으신 당신이었습니다. 당신은 우리 민족을 위해 끝까지 거룩하신 분이요, 당신의 가족은 우리 국가의 성가족이십니다. 선생이여, 자유의 일월이 새봄을 가져오는 이 땅에 길이 편안히 자리잡으소서.

동포들이여, 우리 민족의 최고의 자유를 위해 옥사하신 환산 이윤재 선생의 그 장례나마 제대로 모실 수 없었던 유골을 오늘 안장하는 날이다. 옷깃을 바로 하고 그 유지와 유덕을 깊이 마음에 삭이자.

선생 장례일 아침 주고走稿

『현대일보』 1946. 4. 9.

오호! 이윤재 선생

정열과 지성

동경학창시대에 나는 상하이에 가서 마침 손문 선생의 1주년기 기념식장에 참여할 수 있었다. 그때 내가 느낀 것은 중국청년들의 대륙성이라기보다는 나약과 무정열에 가까운 인상이었다. 그 후 어떤 외국인의 중국기행 중 한 중국 지식청년과의 대화를 읽고는 나의 상하이에서의 감각이 과히 틀리지 않다는 것을 알았다.

"그대는 어느 학교를 나왔는가?"

"중국에서보다 미국에 가 더 오래 교육받았소."

"그대는 그럼 국민당에 가입하였는가?"

"아무 당에도 관계하지 않소."

"당신 같은 유위한 청년이 조국혁명기에 있어 어째 아무 당에 도 관계하지 않았는가?"

"우리 중국엔 호철好鐵은 불타정不打釘이란 말이 있소. 좋은 사 람은 정활政活에 나서지 않소."

"그러면 손일선이나 장개석은 나쁜 사람인가?"

그 질문에는 대답도 못하더란 기록이다.

어느 나라 사람이든 청년일 바엔 지성의 빈곤보다 정열의 빈곤은 그 자신을 위해서나, 그 나라를 위해서나, 그 성장을 위해 한심한 것이다. 지금의 중국 청년은 결코 그렇지 않겠지만, 그때만 해도 중국 청년들은 일보다도 처세를 배우는 편으로, 나라거나, 민족이라거나, 사회라거나 하는 문제에 일부러 등한하려 한 것은 그들의 역사와 전통으로 보아 과히 무리가 아니었을 것이다.

지금 우리 조선 청년들은 제삼자들 눈에 어떻게 비칠 것인가? 여러 가지 '삐라'로, '데모'로, 결사로 나타나는 청년들의 움직임을 보고 그렇게 오랫동안 일제 밑에서 신경거세를 당해온 민족으로는 놀랄 만치 정력왕성하다는 인상을 받았다는 것이 어떤 외인의 감상이다. 그리고 그 외인이 한 가지 붙여 말하는 것은 이번 반탁운동을 보고 특히 학생층의 반탁운동에 대하여 조선 청년은 정열보다 지성의 빈곤이 아닌가 느낀다는 것이다.

우리 3천만에겐 최근 이삼 년 간 오직 환상생활이 있었을 뿐이다. 내 자신 『정감록』을 중요한 화제로 삼아왔다. 우리 손으로 직접 싸우지는 못하고 현실적 경론은 아무것도 못하고 오직 기다리는 일종 사행심으로 견디어 온 것이다. 오늘 우리의 해방은 우리의 실제와는 아무런 연락이 없이 온 것이라 국제적으로 아무런 현실적 지식이나 세련洗鍊이 전혀 없었다. 연합군이라 하면 단순히 우리들의 감상적 기대에 곧 영합될 줄 알았고, 일제를 우리에게서 축출하는 것으로만 생색을 내고 곧 물러가 줄줄만 알았다. 연합국은 다 한가지려니 했는데 서로 다르게 드러나고, 미소 양군은 서울서 만나 축배나 들고 헤어지려니 했는데 현실은 그렇지 않다. 독립만 되면 그만이려니 했는데 당하고 보니 독립하도록 여러 가지 견해와 여러 가지 이해와 여러 가지 문제가 생기어 준비 없던 민족에게 여러 가지로 당황하게 한다. 해외에서 들어온 이들이나 해내海內에 있은 이들이나 똑 같이 한 파 한 당만이 아니다. 3상회담을 반대하는데 지지도 한다. 갑은 국부라 동지라 하는데 을은 매국노라 반동자라 한다.

왜 그런가? 거기엔 까닭이 있을 것이다. 우리는 알고 비판하고 그리고 행동할 것이다. 격렬한 선동적 언사에 끌리어 흥분하는 것은 정열이기보다 망동이기 쉽다. 학병들과 반탁청년들의 충돌 같은 것은 우리 민족이 해방 이후 처음으로 세계에 폭로한 '지성의 빈곤'이다.

어느 외인이 위에서 지적한 지성의 빈곤이란 이것을 두고 한 말일 것이다.

세계에서 사회주의의 대표국가인 소련은 그 의미에서 가장 실제적인 나라이며 세계에서 자본주의의 대표국가인 미국은 역시 그 의미에서 가장 실제적인 국가다. 이 실제의 이 주반珠盤의 두 군대의 군정 혹은 반군정하半軍政下에 있는 우리가 비실제적이고

서야 어떻게 될 것인가? 우리는 먼저 모든 환상을, 즉 국내 자체에서부터 인공人共에고 임정臨政에고, 우익에고 좌익에고 자편도취自偏陶醉의 환상, 감상, 이런 것을 깨끗이 청산하고 실제적인 견해와 행동을 하자. 여기에 일치되지 않고는 우리의 독립이란 실제적으로는 불가능한 것이다.

인민대표대회와 나의 소감

8월 15일도 이미 역사 속에 사라졌다. 우리의 해방이 우리 자력만에 의한 것이 아니었던 만치 우리에게는 자유의 열락悅樂을 만족할 겨를도 없이 너무나 비극적인 정치적 시련이 급박히 강요된 것이다. 민족은 하나이되 해방 즉각부터 전후처치戰後處置에는 통일된 한개의 구상이 아니었다. 억압되었던 민중의 생활과 사상은 다색다양으로 산기散起됨이 차라리 자연한 정세일 것이나 그 중에도 허턱 전설적인 독립몽獨立夢에서 자본주의 사회를 그대로 계승하려는 특권층의 요구와 이미 총독정치시대부터 부절히 싸워오던 노농층의 혁명적 요구는 안으로는 불상용의 대립이며 밖으로는 성격과 이해가 상반되는 미소의 대립이 우연이라기보다 이도 또한 자연한 정세로 우리 강토의 38도선상에서 그 선봉을 맞대이게 된 것이다.

어찌될 것인가? 아니 우리는 어찌 해야 할 것인가? 우리 민족은 결단하지 않으면 안될 절실한 정치적 관심에 어느 한 사람 등한할 수 없는 사정이었다. 이런 정세 하에서 오늘 12월 22일 우리 민족사 상에 특기할 전국인민대표대회가 열렸다. 나는 일개 예술가일 뿐 정치가나 어느 당원은 현재도 아니요 영원히 아닐 것이다. 민족문화 건설을 위해 총독정치를 적극으로 대항할 힘은 없고 민족문화를 도외시하던 그때의 좌익운동엔 가단할 필요가 없던 나는 서재 속에서 명맥을 지키는 길밖에 없었다. 그러나 우리 선열들과 정의 연합군의 승리로 이제 우리 민족문화 건설에 자유를 얻은 이상 문화에 가장 진보적인 향도를 가질 수 있는 그런 정체의 수립을 우리는, 누구보다도 요망에 그칠 것이 아니라 그런 정체의 수립과정에 있어서는 정치적 일익의 의무가 있다는 것을 자각한 것은 나 일인 뿐 아니라 모든 양심적인 문화인의 결속인 <조선문화건설중앙협의회>로서 문화활동의 기본방책을 공언한 바 있는 것이다. 그러므로 우리 문화인의 이 대회에 대한 기대는 범상할 수 없는 것이다.

대회는 순조로 개회되었다. 결코 순조일 리 없는 것을 순조화 시킨 데 먼저 진리 그것에와 강로제현當路諸賢의 열성을 감사한다. 칠백의 각도 각군 대표들, 수천의 옥내외의 방청자들, 빛나는 눈들과 붉은 얼굴들, 이지와 열의의 바다였다. 선출된 8명의 의장 이하 수십 명의 역원들 모두 귀에 익지 않은 이름들이다. 일본제 국주의시대엔 무대를 못 가졌고 지하에, 옥리獄裏에 묻히었던 투사들인 때문이다. 헌신적인 투쟁의 과거를 가졌고, 민족의 경제적

인민대표대회와 나의 소감

운명에 가장 과학적인 신념을 가진 그들임으로써 민중은 신뢰하는 것이다. 이 대회가 질적으로나 양적으로나 민주주의인민대표대회로 충분한 것은 여운형 선생의 보고문으로 십분 긍정되는 것이며, 무엇보다도 삼천만 민족의 대대수인 근로층 인민을 가졌다는 것이 절대한 이 대회의 힘인 것이다. 설사 명성은 더 높다치자. 수완은 더 노련하다 치자. 인민을 갖지 않은 정체, 인민과 이해를 달리하는 정책이라면, 더구나 민족의 경제적 운명에 과감하지 못한 정책이라면, 이것은 민족 전체가 지지할 하등의 이유가 없는 것이다. 대회 자체가 그렇거니와, 공산당대표의 축사에도 부르주아 민주주의혁명에 전폭적 협력을 공언한 것은 여기 새삼스레 지적할 필요도 없거니와 공산주의와 진보적 민주주의의 이론적 합치는 미정청에 대한 방사적 적응이 아니라 이야말로 조선민족의 역사적 필연의 귀결인 것이다. 그러므로 악질의 민족반역자 외에는 양심적 반성과 민족의 운명이 경제선상에서 결정된다는 냉철한 사고를 거친다면 누구나 적어도 진보적 민주주의에 협찬하며, 따라서 진보적 민주주의와 공산주의의 악수에 축복하지 않을 수 없을 것이다. 여하한 인사나 정당을 물론하고 우리 인민전체의 진정한 행복을 생각하고 세계문화의 일환으로서 ○○○민족문화건설이 진실한 의도가 잇따라 ○○○ 간적 조망은 다를지언정 이 대회에서 추진되는 인민정체에 결국은 협력할 것을 믿는 바이다.

『자유신문』 1945. 11. 22.

크레믈린 궁

9월 1일, 나의 모스크바 첫 외출은 크레믈린 궁, 외객外客을 위한 복스의 전용·버스 두 대에 실려 큰길에 나서니 곧 모스크바 대극장이 있는 광장이다. 이 광장을 자나면 좌측에 현대식 고층의 모스크바 호텔, 그 앞이 또 광장, 우측은 큰 책사冊肆가 많다는 고리키 거리, 이 둘째 번 광장은 벌써 한편이 크레믈린의 붉은 궁단宮壇이다. 궁단 밑 녹지대를 잠깐 지나면 단정한 복장의 파수병들이서 있는 크레믈린의 측문側門이 된다. 차에 앉은 채로 문을 통과한다. 시가보다 지대가 훨씬 높아지며 푸시킨의 동화 삽화 같은, 금색, 은색의 방울지붕들, 뾰족지붕들이 나온다. 차를 내리면 한편으로는 모스크바의 반쪽이 즐비하고, 문들은 높고 두터워 조심조심열린다. 들어서면 집 속마다 따로 하늘을 가져 까맣게 높은 데서 보석 광주리 같은 샹들리에가 처처에 드리웠다.

우리가 첫 번 들어선 곳은 역대 무구武具 진열실, 그리고 페테르 대제 이후 금을 물 쓰듯 한 갖은 궁정 집기와 제왕 후빈들의 장신구들, 그 중에도 회중, 탁상, 괘종 등의 시계가 무려 수천 종이어서 전 구라파적으로 시계치장유행시대가 있었음을 엿볼 수 있었고, 동서 각국으로부터 러시아 제실帝室에 보내온 선사들이 각국의 공예가치로 볼 만한 것이 많은데, 조선서 간 것만은 어찌 빈약한 것인지 차라리 안 보니만 못하였다. 지금도 소련을 조선의 대부분이 모르는 것처럼 그때도 러시아 현실에 대해 너무나 모르고 있었던 것이 아니었나 싶었다. 1896년에 온 것으로 필운筆韻이 조금도 없는 화원식畫員式의 태백대취도太白大醉圖와 노자출관도老子出關圖가 일대一對로 걸려 있고, 이것도 그 연대밖에 안된 빈약한 자개 의롱衣籠 한 짝이 놓여 있는 것이다. 보내는 사람들이 그 물건이 놓일 러시아의 궁전이나 그 물건을 감상할 안목들에 대해 아무런 관심도 지식도 없는 것이 사실이었을 것이다. 세계인의 안목이 빈번히 지나가는 이 자리에서, 저 촌스러운 한 짝 자개농과 한 화원의 득의작得意作도 아닌 것이 조선의 공예나 미술을 어떻게 선전하고 있을 것인가? 나는 그 자리에서 어떤 일본 호고가好古家의 말이 생각났다. '일본정부와 인사들은 국보급의 공예나 미술품이 간상奸商들 때문에 해외로 흘러나가는 것을 통탄만 해서는 안된다. 차라리 지진 없고 방화에 안전한 외국미술관에서 영구히 일본문화를 선전하고 있을 것을 생각하라' 한. 고려자기의 명품이 일본이나 미국의 일류 박물관에서 왕좌와 같은 케이스를 차지하고 앉았다는 말은 들었어도 소련이나 기타국에서는 그런 말을 듣지 못하였다. 차라리 국내에는 점수를 줄이더라도 상대국에서 환영만 한다면, 우리 민족의 공예품도 좀더 세계적 진열창에 널리 놓여져야 하겠다.

크레믈린 경내는 중세기 이후 건축전람회 같았다. 사원도 여러 가지가 있고, 궁실도 순 이탈리아식, 내부만 프랑스식인 것, 초기의 순 러시아식 궁실, 중엽의 궁실, 전등 사용 이후의 궁실, 그대로 보관되어 있는 바, 초기 것에서 재미있는 것은, 왕의 기도실祈禱室과 언제나 구차하고 불행한 사람들의 편이었던 예수의 정신이 이 속에 머물러 있을까 싶지 않은, 일종 사치 비품 같은, 보석 투성이의 성경책들과, 형식상으로라도 '백성의 창'이란 것이 설계되어 있은 것이다. 이층 위인 왕의 침소에서 내려다보는 창인데, 백성들은 그 밑에 와 엎디어 그들의 소장訴狀을 넣고 가는 궤가 있었다. 거기까지는 좋으나 소장을 받기만 할 뿐, 그 궤를 열어 처분하는 일은 극히 드물기 때문에 그 궤의 별명은 '똘기야시크'(오랜 궤짝)이며 지금도 무슨 긴급한 일을 맡고도 그냥 내버려두는 것을 "똘기야시크에 들어갔다" 한다는 것이다.

소련의 국회의사당은 따로 있는 것이 아니라 이 크레믈린 속에, 그전 궁실에서 그냥 복도로 연락되게 증축의 일부로 되어 있다. 장방형인 것과 직선이 많고 백색이 주조主調인 것은 이성理性과 과학정신의 상징 같았다. 후반은 이층으로 뒷자리에서는 연단까

259
크레믈린 궁

지 상당한 거리다. 그러나 어느 좌석에도 연사의 말이 그대로 오고 이쪽의 말도 그대로 연단에 가는 통화장치가 되어 있었다. 나는 커버를 걷어 주는 의자에 잠시 기대어, 정면으로 레닌의 사자후獅子吼의 거상巨像을 바라보며 엄숙한 감정에 부딪쳤다.

생각하면 의미 깊은 전당이다. 단순히 소비에트연방의 의회장으로가 아니다. 인류가 가져본 사업 중에 가장 크고 옳은 사업의 기관실인 것이다.

우리 인류에게 혁명사나 건국사는 허다하되, 그 자유와 문화의 복리가 전인류에게 미치며 전 인류의 영구한 평화상태를 향해 나가는 '계획사회'의 출현은 여기가 처음이기 때문이다.

만강滿腔의 경의를 표해 옳은 것이다. 아직까지 인류가 경륜經綸하고 있는 국가나 사회 중에 여기처럼 근본적인 개혁에서, 이른바 '인간이 철저한 의식을 갖고 그의 역사를 자신이 만들어 나가는 사회'는 다른 데 없으며 더욱 오늘 조선과 같은 민족이나 사회로서 옳은 국가 건설을 하자면 어느 용도로 비춰보나 운명적으로 결탁이 될 사회는 어디보다 여기이기 때문이다.

나는 오늘 크레믈린 구경이 아니라 이 최고 소비에트 의회실 구경이, 더욱 모스크바에 들어 첫날 이곳을 구경하는 것이 가장 감명 깊고 만족한 일이다. 이것은 소비에트에 대한 예의로가 아니다. '구라파의 양심'이라던 로망 롤랑이나 바르부스가 진작부터 소비에트를 지지한 것이나, 앙드레 지드가 바로 이 크레믈린 앞마

당 붉은 광장에서 고리키의 영구靈柩 앞에서

"문화의 운명은 우리 정신 속에서 소비에트의 운명과 넌지시 결탁되어 있기 때문에 우리는 소비에트를 옹호하는 것이다."

고 고백한 것은, 이 말만은 가장 진실한 바를 외치었던 것으로, 이 소비에트에서 자라나는 자유와 문화의 복리는 조선 같은 약소민족에게는 물론이요 나아가서는 전 인류의 그것과 이미 뚜렷하게 결탁되어 있는 것이다.

「모스크바 여행기에서」

크레믈린 궁

스흠의 달밤

'스흠'이란 소련 남방 '그루지아' 공화국 흑해해변에 놓인 한 도시다.

우리는 그때 모스크바에서 아침 일찍이 비행기로 떠나 소련에서 가장 남쪽 끝에 있는 '아르메니아' 공화국 수도 '예레반'으로 가는 길이었다. 아침 여덟시에 이륙하여 오후 두시까지 나는데 공중으로부터 나려다보는 대륙의 자연은 오전 중에는 장판같이 평탄한 평야만을 지나가는 단조였으나 오후부터는 아주 인상적인 변화가 일어났다. 세계적 고산지대로서 높은 봉우리들인 백두산의 배가 훨씬 넘는 설산들이 한 떼를 이루어선 카프카스산맥을 옆을 끼고 나가는데, 백화만발한 남방에 오는 것이 아니라 북극에 오는듯한, 얼음이 번들거리고 눈보라 치는 빙설의 세계가 전개되는 것이었다.

이 뜻 아니한 경이의 풍경은 잠깐 사이에 다시 경이의 풍경으로 바뀌었다. 검은 바위와 흰 빙설이 얼숭덜숭한 산맥을 넘어서자 비행기는 낭떠러지에 나서는 듯 아래는 불시에 새파란 바다가 되었다. 비행기는 제김에 지나쳐버린 바다 위에서 원을 그리고 가라앉더니 산밑이요 바닷가인 조그마한 비행장에 기름을 넣기 위해 착륙하였다.

비행기 속에서 밖에 나서니 과연 여기는 다시 딴세상이었다. 겨울날 밖에 있다가 방안에 들어서는 격으로 더운 김이 후끈 끼치는데 조선 기후로 치면 삼복지경 같았다. 산에는 사시장춘으로 단풍이 들거나 낙엽이 되지 않고 자라기만 하는 나무들은 푸르다 못해 검은 빛이 돌았고 길가 도랑녘에 포도넝굴들이, 조선산골에 머루다래 절로나서 제멋대로 열리듯이, 다른 잡목들과 함께 헝클어져 있었다. 파초, 종려, 열대식물들이 산기슭에 빽빽이 들어섰고 그 산기슭을 따라 쳐다보면 까맣게 하늘을 찌를 듯이 솟은 높은 봉우리들은 허옇게 눈이 덮여 있었다. 한 산이 아래는 여름, 중턱은 봄과 가을이요, 꼭대기는 겨울인 것이었다. 사철 눈이 녹아 내리는 시냇물은 차고 맑았으며 그 옆에서 파는 멜론을 비롯한 열대과실들은 살 많고 향취가 좋았다.

우리는 여러 가지 이름 모를 과실들을 사 먹다가 개암까지 있는 것을 보고는 문득 조선의 가을을 연상하였고 그날이 음력으로 8월 열나흗날인 것도 꼽아내었다.

추석 전날 오늘 저녁 달을 이 흑해변에서 보았으면! 하는 소망

스므의 달밤

은 나쁜이 아니었다. 비행기는 여기서 기름을 넣는 외에 우리 일행이 실과들을 사먹노라고 예정 이상의 시간을 허비했기 때문에 이날 해 전으로는 예례반까지 갈 수가 없어 우리 비행기는 이왕이면 그루지아의 아름다운 항도港都 스흠에 가 자기로 한 것이다.

스흠 시가는 비행장에서 삼십 리쯤 되는데 우리 일행은 뜻 아니한 손님들이라 전화 연락으로 시내로부터 자동차가 동원되어 나오는 동안이 한참 되었다. 그새 우리는 바다로 나왔다. 바닷가는 모새가 아니라 큰 것은 꼭 달걀 같고 적은 것은 밤톨 같은 희고 푸르고 검은 자갈로 그뜩 차 있었고 물은 어찌 이름이 흑해인지 우리 동해의 물과 다름없이 맑았다. 여기서는 12월에도 해수욕을 한다 하였다.

뒤를 바라보면 여기도 낮은 데는 상록수의 여름, 중턱은 봄과 가을일 것이 구름 속에 잠기었고 꼭대기는 설산으로 둘려 있는데 낮은 곳 상록수의 산기슭으로는 새하얀 유선형의 전기열차가 달리고 있었다. 계곡이 많아 철교가 많았고 철교 밑마다 눈 녹아 맑은 물이 바다로 흘러들고 있는 것은 비행기 위에서 처처에서 볼 수 있다.

우리가 시내로 들어설 때는 황혼이 지나 어슴푸레 해서다. 시가는 길이 넓고 나무가 많은데 무화과나무가 이층집 지붕을 덮도록 올려 솟은 것이 많았고 희고 붉은 꽃이 집채처럼 피여 덮여 유도화가 강렬한 향기를 정원마다 풍기는데 집들은 대개 흰빛이었고 단층집도 다락처럼 아래는 한길씩 공간을 띄워놓아 정문으로 올라가는 층계가 밖에서 대뜸 이층으로 올라가는 것 같은 집도 많았다.

호텔은 바다 쪽으로 방방이 전망대가 있는 흰빛의 4층이었다. 우리는 목욕 뒤에 호텔 낭하에 있는 매점에서 물동이 만한 수박을 보았다. 저녁식탁에서 그렇게 큰 수박이 감미가 많은데 다시 놀랐다. 창에 비추이는 달은 조선서 보던 추석 때 달이 틀림없는데 식탁과 가로수의 풍경은 여름이었다.

우리는 이럭저럭 자정이 가까워서야 바다로 나왔다.

바다도 종려나무와 아름드리 기니네나무가 늘어선 길을 걸어 얼마인가 있었다. 구름 한 점 없는 달밤이었다. 팔을 벌린 듯 둥그런 해안인데 방파제가 곳 걸터앉을 수 있는 무한히 긴 벤치였고 그 앞에는 화단, 화단 건너는 나무 그늘 밑에 아이스크림과 청량음료들과 과실을 파는 매점들이 있고, 그 다음이 자동찻길이요, 그 건너가 호텔도 서 있는 시가 건물들이었다.

방파제 벤치 위에는 더 앉을 자리가 없게 사람들이 나와 달구경을 하였다. 바다에는 거뭇거뭇 보트들이 떠 있고, 한곳에는 한 2백 미터를 바다로 내어놓은 다리가 있고, 그 다리 끝에는 큰 홀이 있는데 유창한 음악소리와 함께 춤추는 그림자들이 보였다. 소련동무들은 우리더러 춤추려 가자 하였으나 우리 일행에는 춤추는 사람이 별로 없어 유감이었다.

춤은 거기서만 추는 것이 아니었다. 군데군데서 하모니카로 손풍금으로 노래와 함께 춤도 추었다. 아는 사람 모르는 사람 네 나라 사람 내 나라 사람의 구별이 없었다. 누구나 한데 휩쓸려 놀았다.

우리는 이 환락경을 얼마 걷다가 아이스크림을 먹으려 어느 기니네나무 그늘로 갔다. 가보니 웬 동양청년 하나가 아이스크림 판 돈을 테이블 위에 쏟아놓고 지전은 지전대로 각전은 각전대로 같이 가려주고 있었다. 자세히 보니 우리 일행의 청년이었다. 웬일인가 물은즉 자기도 아이스크림을 먹으려 오니까 손짓으로 다 팔고 없다고 하면서 종이 상자에 수북한 돈을 쏟으며 이것이나 좀 같이 가려달라는 형용이기에 그러마 하고 같이 가리는 중이라 하였다.

나는 여기서 깊은 인상을 받았다. 얼굴 생긴 것이 다르고 말도 못 통하고 어디서 온 어떤 사람인지도 모르면서 같은 사람이란 한 가지로 이웃사람 믿듯 하는 이 신뢰감, 더구나 전쟁직후 세계는 살벌한 배타사상의 암운이 그저 저회하고 있는 때 이 인류의 가장 숭고한 감정이 한낱 아이스크림 파는 처녀들에게 어떻게 생겨난 것일까?

나는 소련에서 본 여러 가지 고귀한 것 중에 가장 고귀한 것으로 깊은 인상을 받았다.

사람들은 모두 즐거웠다. 저 재능껏 일한다. 무슨 일이나 자본가의 노예로 임금을 위해 매여 사는 모욕의 노동이 아니라 저마다 자기 이익과 자기 조국건설의 창조로써의 노동이다. 내 일 내가 하고 아직 없던 것을 내 손 내 힘으로 창조하는 창조자들의 생활이었다. 여자도 남자도 누구를 위해 누구에게 비굴이 있을 수 없다. 꽃이 제대로 피고 새가 제대로 날며 노래하듯 다 자기가 주인이다. 실업자가 없고 있을 수부터 없는 사회다. 어떤 문화 어떤 예술도 어떤 특권자들만의 향락물이 아니다. 여기서는 누구나 창조할 수도 있고 누구나 누릴 수가 있다.

우리는 그 옆 다른 테이블에서 목을 추기고 다시 걸었다. 얼마 안 걸어 귀에 익은 말소리가 들린다. 우리 일행의 강소좌였다. 어떤 여자와 가지런히 앉아 이야기를 하였다. 하도 정답게 웃으며 이야기하기에 우리는 아는 여자냐 물었다. 아니라 했다. 여자는 자리에서 일어서면서 우리더러 무어라 했다. 강소좌가 통역해 주는데 자기는 오래 앉았으니 우리더러 앉으라 했다. 그리고 독군이 여기까지 점령은 못하였으나 여러 번 공습이 있어 파괴된 건물이 많다는 이야기와 전쟁 직후가 되어 그전보다 부족되는 것이 많다고 하였다.

우리는 그 후 며칠 뒤 이 '그루지아' 공화국 수도 '트비리씨'에서 한 조선청년을 만났다. 그는 우리 일행이 왔다는 말을 듣고 우리 호텔로 찾아온 것이었다. 그는 중앙아시아 어느 곳 직장에 있는데 휴가중이어서 '트비리씨' 구경을 온 것이라 하며, 자기와 같이 여행중이라는 금실머리의 묘령의 여성까지 우리에게 소개하였다.

나는 스흠에서도 예레반에서도 트비리씨에서도 달을 쳐다보며 생각하였다.

달은 일찍 몇만 년을 두고 이 지구를 비취고 있다. 지금도 지구 위 어느 나라 어느 민족 어느 사회도 다 비취고 있다. 그러나 이 소련 천지 같은 평화향은 과거에도 비쳐보지 못하였고 오늘도 다른 데서는 비쳐보지 못하고 있을 것이라고.

소련은 저 아름다운 달빛 아래 즐겁지 못한 모든 뒤떨어진 나라들에게 즐거울 수 있는 나라들이 되도록 극력 방조하고 있다. 우리 조선도 북반부에 있어서는 이미 지난 4년 동안 얼마나 많은 인민들이 달을 즐겁게 쳐다볼 수 있게 되었는가. 우리는 저 달로 하여 머지않은 앞날에 전체 조선을 평화향으로 비칠 수 있게 하기 위하여 분투하자.

9월 9일

『조선여성』1949. 10.

만주기행滿洲紀行

거대한 공간

차에서 만난 친구에게 끌리어 평양에 내려 하루 놀고 다시 평양서 탄 봉천奉天행은 밤차가 되었다.

평양 이북은 이십여 년 만이요 안동安東현 이북은 생후 처음이다. 소년 때 안동현에 갔다 돈이 떨어져 도보로 나오던 안주安州, 정주定州, 선천宣川, 의주義州, 다 한번 내다보고 싶은 추억의 풍토들이나 밤차라 커튼을 내리고 잠이나 청할 수밖에 없었다.

산등 침대의 하단, 기어서 오르내리는 곡예는 하지 않아 좋으나 내 얼굴에서 석 자도 못 되는 거리에 다른 사람, 그 사람 위에 또 그렇게 한 사람, 내가 맨 밑에서 그들을 떠받들기나 하는 것처럼 무겁고 갑갑하다. 주머니 세간 많은 저고리를 입은 채 누웠으니 돌아누울 때마다 거북하다. 벗자니 걸어놓을 데가 변변치 않고

개켜놓을 자리는 더욱 없고, 아무튼 매무시를 고치려 일어나니 정수리가 딱 부딪친다. 학의 모가지로 한참 견디어보니 그래도 눕는 편이 훨씬 편하다. 눕는 이상 내 몸 용적만한 공간이면 족할 것인데 사실인즉 시렁에 앉힌 가방처럼 무심해지지 않는다. 통 속에서 산 철인哲人의 생각이 났다. 삼등 침대에서 자안自安하기에도 다소 수양이 필요한 모양이다.

대륙大陸, 그리워한 지 오랜 풍경이다. 동경 있을 때, 한번 신흥러시아미술전新興露西亞美術展이 있었다. 거기서 본 '무지개'란 한 풍경화는 지금도 머릿속에 싱싱한 인상이 있다. 우후雨後에 선명한 색채로 뻗어나간 끝없는 지평선, 길 없이 흩어져버린 방목放牧의 무리, 무지개도 한낱 홍예문처럼 두 뿌리가 한 들에 박혔을 뿐으로 최대의 공간을 전개시킨 화폭이었다. 그 후 다른 미전美展에서도 가끔 풍경화를 구경하였으나 그런 거대한 공간은 다시 보지 못하였다.

거대한 공간, 러시아 소설들이 우리를 누르는 것도 그것들이다. 과거 여러 세기 동안 대국大國이 해동반도海東半島를 누른 것도 그들의 거대한 공간의 농간이었을 것이다.

그런 대륙, 그런 공간을 향해 내 차는 밤을 가르고 달아난다.

처음으로, '그에게 간다'는 것은 그가 사람이거나 자연이거나 몹시 이쪽을 흥분시키는 모양으로 자정이 넘어도 잠이 오지 않는다. 이윽고 차가 안동현에 이르니 세관리稅關吏가 뛰어오르며 차 안이 왁자해진다. 사람은 모두 일어나고 짐은 모조리 끌리운다. 나도 가방을 열어보였다. 장차 30분, 확성기는 소란해야 국경이라는 듯이 반시半時 동안을 시종이 여일하게 중언부언重言復言한다.

차는 다시 떠난다. 객은 모두 다시 눕는다. '이곳을 누워서 지나거니!' 깨달으니 문득 나의 머리엔 성삼문成三間의 생각이 떠오르는 것이다. 세종께서 지금 내가 쓰는 이 한글을 만드실 때 삼문을 시켜 명明의 한림학사 황찬黃瓚에게 음운音韻을 물으러 다니게 하였는데, 황 학사의 요동적소遼東謫所에를 범왕반십삼도운凡往返十三度云으로 전하는 것이다.

그때는 고작 말을 탔을 것이다. 일행日行 불과 6, 70리이었을 것이다. 이제 누워 야행천리夜行千里를 하면서 생각하기엔 너무나 아득한 전설이 아닌가! 더구나 1, 2왕반往返도 아니요 범 13도라 하였으니 성삼문의 봉사도 끔찍한 것이려니와 세종의 그 억세신 경륜經綸에는 오직 머리가 숙여질 뿐이다.

차는 한결 커브가 없이 일직선으로만 달리는 듯하다. 거대한 육지, 거대한 공간, 그 위에 덮인 밤, 바다 밑바닥을 조그만 미꾸라지가 기어가는 것 같은 이 기차일 것이다.

흙, 흙

깜박 잠이 들었다 깨니 건너편 창이 희끄무레하다. 옳다 밝았구나! 나는 일어나기 전에 머리맡의 커튼부터 올려 밀었다. 무엇이 멀찍이서 희끗희끗 지나가나 아직 이쪽은 서창西窓이라 낮이기보다는 밤인 편이다. 시계를 보니 다섯 시가 훨씬 지났다. 여기만 해도 서울보다 얼마쯤 동이 늦게 트는 모양이다. 나는 일어나 세수부터 하고 창이 넓은 식당으로 갔다. 뿌연 안개 속에 집들이 지나간다. 조선서 보는 농가들과는 윤곽이 다르다. 모두 직선들이다. 기다란 한 채를 토막토막 짤라놓은 것처럼 좌우에는 처마가 없이 창 없는 벽이 올라가 지붕을 끊어버린 것들이다. 조선서도 동양화가들이 흔히 그려놓은 집들이다.

사래 긴 밭들이 무수한 직선으로 연달아 부챗살같이 열리고 접히고 한다. 마을 뒤나 밭사래 끝에는 막힌 것이 아무것도 없다. 산은 물론 언덕 하나 보이지 않는다. 밭이 지나가고 밭이 연달아 오고, 그리고 지루할 만하면 백양목白楊木 대여섯 주가 모여 선 숲이 지나가고, 그러다가는 칼로 똑똑 짤라놓은 것 같은 단조로운 농가 한 부락이 지나가고, 차츰 남의襤衣의 토민들이 한둘씩 길 위에 나서기 시작하고, 그리고 여기서도 차창 안에 앉아 읽을 수 있는 것은 '인단仁丹'이나 '미지소味之素' 따위, 만리동풍萬里同風이다. 도랑에는 살얼음, 밭에 나룩그루에들은 하얗게 서리가 덮이었다. 아득한 안개, 어디를 보나 땅과 하늘의 경계선은 흐려지고 말았다. 돌각담 하나 없는 도토리가루 같은 빛 진한 흙, 흙. 그 위에 잘 달리는 말이 금만 긋고 달아난 것 같은 질펀한 밭이랑들, 그 밭 너머에 또 그런 밭이랑들, 급행차가 달리어도 달리어도 끝없이 자꾸 나서는 밭이랑의 세계, 차안에 앉았어도 태산에 오른 듯한 광막한 시야엔 일개 서생書生의 흉금으로도 부지중 조끼단추를 끄르고 긴 호흡을 들이켜보게 한다. 이 하늘에 뜬 구름밖에는 목표를 삼을 것이 없는 흙의 바다 위에 맨 처음 이런 철로를 깔고 망치를 든 채 시운전을 했을 그들의 힘줄 일어선 붉은 얼굴들이 번뜻번뜻 눈 속에 지나간다. 모든 무대는 오직 주연자主演者에게만 영예를 허락할 것이다.

이 차창에 앉아 저 변두리 없는 흙을 내다보며 순전히 흙으로써 감격하는 사람은 흙을 주지 않는 고향을 버린 우리 이민들일 것이다. 처음엔

"땅도 흔하다!"

하고 놀랄 것이요, 다음엔 밭머리마다 연장을 들고 반기는 표정이라고는 조금도 없이 지나가는 차를 힐끔힐끔 쳐다보고 섰는 푸른 옷 입은 사람들을 볼 때에는

"그래도 모두 임자 있는 밭들이 아닌가!"

하고 피곤한 머릿속엔 메마른 생활의 꿈이 어지러웠을 것이다.

무슨 둔屯자 붙은 역명驛名만이 한참 지나가더니 소가둔蘇家屯이란 큰 정거장이 나온다. 여기서는 4분 동안이나 쉰다. 역원, 경관들 모두 누르퉁퉁한 제복이다. 소가둔을 다시 떠나니 곧 차창이 나타나며 얼마 안 가 봉천이라 한다. 차도 봉천이 종점이거니와 지날 바엔 반일半日 동안이라도 봉천의 개념槪念이나마 얻고 싶다.

차에서 내리니 여덟 시 조금 전, 이른 아침의 이국 도시는 낯선 빌딩들의 어두운 그늘과 텅 빈 가도에 아침 해의 역광선이 눈부실 뿐이다. 나는 돌아서 역 대합실로 들어섰다.

골유감骨肉感

역내엔 들어서기가 바쁘게 해풍 같은 찝찔한 냄새가 확 끼친다. 물 귀한 이곳 사람들의 옷에 쩔은 체취일 것이다. 포스터들, 매점의 물색物色, 모두 경성京城역에서 보던 것 따위다. 봉천 안내란 것을 하나 사들고 삼등대합실로 갔다. 자리가 없게 그득한 만인滿人들 틈에 흰옷 입은 사람들이 여기저기 보인다. 그 중에 봉천 때가 묻어 보이는 사람들은 인객引客꾼들인 듯, 충혈된 눈을 맥없이 껌벅거리거나, 옹송그릴 구석만 있으면 보따리에 엎드려서라도 코를 고는 사람들은 지난 밤차나 오늘 아침 차에 내려서 갈아탈

차를 기다리는 소위 자유 이민의 동포들인 듯하다. 방한모는 썼으면서도 두루마긴 입지 못한 젊은이, 입은 호물거리면서도 더벅머리 손자녀석과 나란히 앉아 볶은 콩을 먹는 할머니, 그들의 옆에는 빛낡은 반물보퉁이, 꿰여진 홑이불 보따리들이 으레 호텔 레텔이나처럼 크고 작은 바가지쪽들을 달고 있는 것이다. 노파에게로 가 어디까지 가느냐 물으니, 콩을 그저 질겅거리며 허리춤에서 꼬깃꼬깃한 하도롱 봉투를 꺼내 보인다. 목단강牧丹江 어디라고 쓰인 것이다. 작은아들이 3년 전에 들어가 사는데 굶주리지는 않으니 돌아가실 때까지 배고픈 것이나 면하시려거든 들어오시라고 해서 큰아들의 자식까지 하나 데리고 '평안도 쉰천골' 어디서 떠나 들어온 것이라 한다.

이등대합실에 가니 거기도 자리가 없다. 손씻는 데로 가니 거기엔 여자 전용도 아닌 데서 시뻘건 융 속적삼을 내어놓고 목덜미를 씻는 조선 치마의 여자가 있다. 보니 그 옆엔 조선 여자가 여럿이다. 까무잡잡한 30세가 훨씬 넘어 보이는 여자가 하나, 아직 16, 7세밖에는 더 먹지 못했을 솜털이 가시시한 소녀가 하나. 그리고는 목덜미를 씻는 여자까지 세 여자는 모두 22, 3세 정도로 핏기는 없을 망정 유들유들한 젊고 건강한 여자들이다. 그들은 빨간병, 파란병들을 내어놓고 값싼 향기를 퍼뜨리며 화장들에 분주하다. 나는 제일 먼저 화장을 끝내는 듯한 여자에게로 갔다.

"실례올시다만 나도 여기가 초행이 돼 그럽니다. 어디까지들

가십니까?"

"예?"

하고 그 여자는 놀랄 뿐, 그리고 그들은 일제히 나를 보던 눈으로 맞은편에 이들과는 상관이 없는 듯이 따로 서 있는 노신사 한 분을 쳐다보는 것이다. 작은 눈이 날카롭게 반짝이는 이 노랑수염의 노신사는 한 손으로 금시계 줄을 쓸어만지며 나에게로 다가왔다.

"실례올시다만 신경 갈 차가 아직 멀었습니까?"

"차 시간을 몰라 물으실 양반 같지 않은데······."

하는 그의 눈은 더욱 날카로워진다. 나는 그냥 시침을 떼었다.

"몰라 묻습니다. 신경들 가시지 않습니까?"

"우린 북지北支루 가우."

하며 그는 나의 아래위를 잠깐 훑어보더니 이내 매점으로 가 오전짜리 '미루꾸'를 한 갑씩 사다가 여자들에게 나눠주는 것이다. 모두 주린 듯 받기 바쁘게 먹는다. 그 거의 하나씩은 다 해넣은 듯한 금이빨을 번쩍거리며, 그리고 그네들은 모두 이 노신사더러 '아버지'라 불렀다. 그는 물어보나마나 북경北京이나 천진天津 같은 데 무슨 누樓 무슨 관館의 주인일 것이다. 이 눈썹을 그리며 미루꾸를 씹으며 무심하게 즐거이 험한 타국에 끌려가는 젊은 계집들, 나는 그들의 비린내 끼치는 살에나마 여기에선 새삼스런 골육감骨肉感을 느끼지 않을 수 없었다.

봉천박물관

　나는 '봉천 안내'에서 얻은 지식으로 택시를 타고 '야마도 호텔'로 갔다. 전승기념비를 가운데 놓은 대광장 한편에 흘립屹立한 '아메리칸 르네상스'식이란 단아한 4층 양관洋館, 북국北國에보다는 녹음 많은 남국에 더 조화됨직하게 노천낭하露天廊下가 많은 백악白堊의 전당이다. '클락'에 가방과 외투를 맡겨놓고 식당으로 갔다. 구석구석에 벽안碧眼 신사숙녀들이 향기로운 커피와 빛 고운 과실들을 먹는다. 나도 신선한 아침 메뉴가 주는 대로 조반을 마치고 나의 신경新京행 특급 '아세아'의 급행권을 '뷰로'에 부탁해 놓고 거리로 나섰다. 어디서 보았는지 쾌차快車(人力車) 두 대가 일시에 달려든다. 조선 인력거보다 훨씬 낮다. 조그만 장명등 같은 것이 좌우에 달리고 앉는 데도 울긋불긋 무슨 술을 많이 늘이어 호사스럽다. 그중 깨끗한 차로 올라앉아

　'하꾸부스깡'

하여 보았다. 차부車夫는 누런 이빨만 내어놓을 뿐 못 알아듣는다. 지도를 꺼내 박물관의 위치를 지적하여도 도시 모르는 모양이면서도 승객만은 놓치지 않으려 허턱 끌고 달어나는 것이다. 한참 끌려가다가 글자를 알만한 사람을 만날 때마다 소리를 질러 차를 세우고 지도를 펼쳐 들었다. 그러나 저희끼리 한참 떠들어대기만 할 뿐 차부에게 박물관을 터득시키는 사람은 좀처럼 만나지지 않

는다. 그러나 차부는 허턱 뛰기만 한다. 승객은 목적지로 가든 못 가든 있는 길에 끌고 뛰기만 하면 자기는 놀기보다는 벌이가 된다는 심산이다. 필경은 이 맹주쾌차盲走快車에서 쌈싸우듯 해가지고 내려 택시를 주워탔다.

삼경로십위로三經路十緯路라는 데 있는 전 동북군벌東北軍閥 탕옥린湯玉麟의 사저私邸였었다는 백악삼층루白堊三層樓, 주한시대周漢時代의 동기銅器, 요송 황금시대遼宋黃金時代의 도자기, 송원宋元 이래의 서화書畵 등이 주요한 진열품으로 각사刻絲라는 것과 자수품들은 염직공예로서 특기할 만한 것이었다. 자유화自由畵의 필치가 많은 채문토기彩文土器들과 세계적으로 이름난 낭세녕郎世寗의 원화原畵를 판화版畵화한 불인佛人 꼬산의 작품을 볼 수 있음은 의외였고, 동양화는 대체로 산수인데 선면扇面에 재미있는 것이 많았다. 총장품總藏品 삼천오백여 점, 대륙민족의 정력, 유한, 치밀, 원숙, 이런 것은 십이분 느껴지나 고려나 이조의 센티멘털이나 유머와 같은 좀더 감성적인 데를 찔러주는 것은 너무 없었다. 더구나 한漢민족을 통치한 대청제국의 고토故土인 봉천으로서의 의의를 갖기엔 질로나 양으로나 적이 빈약한 박물관이었다. 만주에 왔다가 동양일東洋一이라고 선전되는 대련박물관大連博物館을 구경하지 못하고 지나는 것은 유감이다.

나는 이번에는 마차를 타고 동선당同善堂으로 갔다. 동선당만은 빈민들과 인연이 깊은 기관인만치 마차꾼은 어렵지 않게 알아

들었다.

동선당同善堂

동선당同善堂이란, 고아, 걸인, 빈민, 그리고 예작부藝酌婦, 창기娼妓, 사생아 이런 불우한 인생 칠백여 명을 수용하고 있는 대규모의 자선기관이다. 30여 년 전, 좌빈귀左賓貴라는 개인의 사업이 자란 것으로 특서特書할 봉천 명물의 하나가 되어 있는 것은 다른 곳 고아원이나 양로원에서는 보지 못할 도덕道德과 시설施設이 있는 때문이다.

'위선불권僞善不捲'이란 커다란 편액이 걸려 있는 사무소, 그 좌우편으로 시작하여 뒤로 들어가면서 양관과 중국식의 단층 건물들이 무수히 널려 있다. 어떤 데는 병원, 어떤 데는 목공, 인쇄, 직조공장, 또 유치원, 학교들인데, 가장 인상 깊은 것은 구산소救産所와 제량소濟良所와 구생문救生門의 풍경이었다. 독자생업獨自生業이 불능한 노인들은 물론이거니와 누주樓主의 학대를 못 견디어 도망온 예작부, 창기, 강제 매음을 당하게 된 부녀들까지 받아 보호 선도하는 것이며, 더 나아가서는 부부싸움을 하고 온 여자까지 받는다는 것이다. 그런 안해는 대개는 석 달이 못 되어 흔히는 남편 쪽에서 화해를 신청하고 데려간다는 것이며, 데려갈 사람이 없는 여자는 창기든 처녀든 인처人妻든 동당同堂이 주선하여 상당한 자국에 혼인을 시키는데, 그 색시들의 살림 성적이 좋기 때문에 뭇총각, 홀아비로부터 구처신입求妻申込이 가끔 있다는 것이다. 그리고 더욱 진기한 풍경은 구산소救産所의 구생문救生門인데, 사생아의 피살을 막기 위해 빈민 아니라도 조산助産을 청하는 여자면 얼마든지 환영할 뿐 아니라 산모의 주소, 성명, 임신 관계 등엔 일체불문에 부치는 것이요, 아이를 낳아 놓으면 아이만 남을 뿐, 산모는 어제든지 쏙 빠져 자유로 자취를 감추게 한다는 것이다. 구생문이란, 뒷골목길에 나선 솟을대문 같은 데다 어린애 하나 들여놓을 만한 구멍에다 함지 같은 것을 놓은 것이다. 그리고 어린애를 놓으면 함지가 눌리며 초인종이 울리도록 장치되었다. 누구나 무슨 수속은커녕 얼굴 한번 내어놓을 필요도 없이 기르기 딱한 아이면 이 함지에다 갖다놓고만 가면 그만이게 되어 있다. 죄는 덮고 불행만을 구하는, 성스런 자선기관이다.

여기를 나서니 오후 한 시, 여기 시간 풀이로 열세 시가 넘었다. 마차를 타고 성내로 들어가 먼지와 금金 글자와 뻘건 글자 투성이의 상점가를 한 바퀴 돌아서는 호텔로 오고 말았다. 점심 먹을 시간도 없이 가방을 치켜들고 부리나케 정거장으로 나왔다.

동양일東洋一의 쾌속차라는 대련大連 합이哈爾간의 특급 '아세아' 심록색深綠色의 탄환과 같은 유선형이다. 얼마 쉴 새 없이 곧 봉천을 떠난다. 이내 속력이 난다. 별로 진동이 없이 줄곧 등속력

等速力으로 가볍게 달린다. 새 이발기계로 머리를 깎는 때 같은 감촉이다. 창밖은 그저 밍밍한 벌판이다. 등산 좋아하는 친구들을 생각하고 그들이 이런 데 와 산다면? 생각하니 사람 따라서는 평원도 지옥일 수 있는 것이 우스웠다.

점심을 먹으러 식당으로 가니 급사가 모두 러시아 소녀다. 하나는 희고 야위고 반듯한 이마가 영화 『죄와 벌』에서 본 '쏘냐' 같았다. 국적이 없는 백계白系 노인露人의 딸들, 향수조차 품을 곳 없이 단조한 평원만 내다보고 사는 가엾은 처녀들, 그들이 가져오는 한 잔 커피는 술만 못지않은 독한 낭만을 풍기었다. 그런 커피를 잔을 거듭하며 나는 내일 이민촌移民村을 찾아 끝없는 벌판에 외로운 그림자가 될 것을 걱정스럽게 생각해보았다.

신경新京

저녁 여섯 시가 지나서 신경新京에 닿았다. 역을 나서니 바람이 씽씽 귀를 치는데 광장에서 방사선으로 뻗어나간 길들은 끝이 모두 어스름한 저녁 속으로 사라졌다. 헌것이고 새것이고 빌딩들은 빈 것처럼 꺼시시하다. 외투깃을 올리고 한참이나 기다려서 소형 택시 하나를 주웠다. 영창로에 있다는 만선일보사滿鮮日報社로 가자 하였다. 정면으로 제일 큰 길을 달려가는데 모두 아스팔트, 언덕이 진 데는 두부모 같은 돌로 파문波紋을 그려 깔았다. 시가지가 그냥 수평면이 아니요 군데군데 고저가 있어 동경 생각이 나게 한다. 큰 빌딩 하나, 혹은 두셋이 있는 사이엔 으레 무슨 회사 무슨 점店 건축용지란 판장 울타리가 지나간다.

걷는 사람이 적은 길 위에 차는 마음대로 달아난다. 한 15분 달렸을까 할 쯤에야 시뻘건 깃발이 날리는 한 빌딩 앞에 머물렀다.

마침 그때까지 퇴사 않고 있던 횡보橫步, 여수麗水, 태우台雨 제형諸兄이 반가이 맞아준다. 내 딴은 천애지각天涯地角에 온 듯한데 이 낯익은 친구들이 책상에 탁탁 자리잡고들 앉아 일하며 생활하는 모양은 그들이 딴사람들 같은 착각도 일어났다. 이내 여수형 댁으로들 가서 훈훈한 페치카 앞에서 새로 지은 저녁을 먹으며 신경 이야기로, 또 이민촌 이야기로, 서로 신세타령으로 즐기다가 태우형이 앞장을 서 밤 신경 구경을 나섰다.

해진 지 오랜 하늘이나 아직 서편은 푸르스름하다. 날카로운 별들이 뜨고 바람이 웅웅 지나가는데 째릉째릉하는 마차방울 소리만이 말굽 소리와 채찍 소리와 함께 멀리서 가까이서 지나간다. 집들은 모두 공습이나 당하는 것처럼 불빛이 적고 초저녁인데 억센 덧문들을 닫았다. 우리는 마차를 타고 찬별 깜박이는 하늘을 쳐다보면서 네온사인이 많은 거리로 왔다. 처음 들어선 집은 '몬테칼로'란 댄스홀, 처량한 듯한 왈츠 멜로디에 한 홀 그득 찬 남녀는 물위에 뜬 부평처럼 흐느적거렸다. 태우형이 곧 그 속에 뛰어들 뿐, 여수나 나나 마찬가지로 차만 마시면서 신경에 십 년을 더 산다 해도 댄스는 배울 것 같지 못하다 하였다. 다음엔 다시 마차로 십 리는 되게 와서 만주인 여관을 찾았으나 모두 만원이다. 할수 없이 아무 여관이나 정하고 11시나 되었는데 또 거리로 나왔다. '개반자開盤子'라는 여기 기방妓房구경을 갔다. 그들의 여관집 모양으로 들어서면 가운데는 마당처럼 틔고 사방으로 3, 4층의 객실들이 난간과 복도로 둘리었다. 안내하는 대로 이층 한 방에 들어가니 찻주전자가 놓인 테이블과 나무걸상들과 넓은 침대와 거울과 미인도美人圖 경대鏡臺 등이 중요한 가구들이다.

여수가 뭐라고 그들의 말로 교섭을 하니 곧 불이나 난 것처럼 큰 소리가 났고, 여기저기서 수십 명의 호랑胡狼이 우리 방으로 몰려들었다. 손님측에서 점지하는 대로 세 명만이 남고는 모두 나가버린다. 수박씨를 까먹고 같이 이야기만 하는 것으로 한 시간에 일 원씩, 그리고 자정이 지나면 영업 내용이 돌변하여 창부가 된다는 것이었다. 여수와 태우형은 꽤 지껄이고 웃고 하나, 만주어라고는 '만만디' 한 마디밖에는 모르는 나로선 소와 닭이었다. 한 시간도 답답해서 못다 앉았다. 나온 우리는 백계 러시아인들이 많이 사는 거리를 지나보았다. '카바레'라고 명칭 되는 그들의 주점은 그들 악대가 있고 그들 댄서들이 있어 손님이면 누구나 같이추고 즐길 수 있는 것이 이국적인 풍정인데, 더구나 잠깐 모인 손님 속엔 러시아인, 독일인, 그리스인 그리고 우리, 이렇게 다섯 민족이 섞여 있었다.

돌아오는 길에서다. 문 닫은 상점 앞에 열댓 집 지나서 한 군데
씩 시커먼 그림자가 하나씩 서고 앉고 해 있었다. 도적을 지키는
야번夜番들로 영하 40도의 추위와 긴긴 밤에도 저렇게 앉거나 서
서 새운다는 것이다. 하루 저녁 지키는 데 일 원 몇십 전, 백계 러
시아인들만의 단골 직업이라 한다. 우울한 밤거리요 밤 인생이었
다.

쟝쟈위후

이튿날 나는 일어나는 길로 여수형에게로 달려가 이민촌 사정
에 밝은 몇 분에게 소개를 받았다.

만주에서 가장 오랜 편이요 가장 큰 문제가 일어났던 곳이요
가장 먼저 조선인의 손으로 큰 수로가 황무지를 관류貫流하게 된
데가 만보산萬寶山 일원一圓인데, 만보산의 여러 부락 중에도 신
경서 가기 편리한 곳은 '쟝쟈위후[姜家窩堡]'라는 데라 한다.

그러나 알고보니 거기도 그리 교통이 편한 곳은 아니다. 신경
역에서 백성자白城子행을 타고 두 정거장만에 내려서 조선 이수
로는 한 30리 걸어가야 조선 이민의 집들이 나타나기 시작한다는
것이다. 조선으로 두 번밖에는 없는 아침 차는 벌서 놓쳤거니와

차에서 내려 30리가 문제다. 집들도 그리 없을 황원荒原일 뿐 아니라 만주어를 모르는 나로 길을 물어갈 수는 없을 것이다. 마차를 교섭해 봐도 안 되고 소형택시를 알아봐도 갈 수 없다는 것이다. 이왕이면 새로 들어와 처녀지에 괭이를 찍기 시작하는 부락을 보고 싶었으나 그런 부락을 보려면 간도성間島省으로 가서 집단입식集團入植(이민移民)을 하는 데로 가야 본다는 것이다. 그것은 만선척식회사滿鮮拓植會社의 이름이나 국책國策으로 되어지는 것이기 때문에 명색 없이는 찾아가기도 어렵거니와 거기도 안도현安圖縣 같은 데가 그런 지역인데, 명월구明月溝란 역에서 내려 가까운 입식지가 5, 60리, 그 다음에는 100리 200리씩 오지로 들어가야 하고, 아직 그곳에서들은 나무 하나를 찍으러 가더라도 경사警士 혹은 군인이 따라가 경비를 해주는 형편이라 하니 그런 데를 단신으로 들어가자면 먼저 무장이 필요하고, 무장을 한다 해도 그야말로 각오가 없이는 나설 수 없는 것이다. 이런 신입식지는 단념하고 만보산 '쟝쟈워후'로나 가기로 결정하니 마침 어디서 소식이 오기를, 내일 아침엔 신경에 왔던 그곳 조선 사람들의 돌아가는 편이 있다는 것이다. 마음놓고 신경서 하루를 묵고 이튿날 아침차에 나가니 여수, 태우 양형이 나와 만주 복색을 한 조선 청년을 찾아내 준다. 그 청년을 따라가니 조선 두루마기를 입은 사람도 둘이 있고 소위 자유 이민인 중년 양주가 안해는 젖먹이를 업고 더벅머리 계집애 하나를 꼭 끌어안고 앉았고 남편은 동저고리

바람으로 바가지 달린 왕산만한 짐짝을 들고 어디다 놓아야 할지 몰라 두리번거린다. 차 안은 푸른옷과 더러운 동전銅錢에서 나는 것 같은 냄새로 가득 찼다. 제 시간에 떠나기는 하나 '만만디'다. 가려고 하기보다 서려는 상태의 계속이다.

이 동행하게 된 '쟝쟈워후' 사람들은 베를 팔러, 또 도야지를 팔러 신경으로 왔던 사람들이다. 곡식은 대개 가을에 조선인 정미 업자들에게 한목 팔아버리는 것이나 양미糧米를 조금 넉넉히 남기었다가 돈 쓸 일이 생기면 쫄금쫄금 팔아 쓴다는 것이다. 그들이 도회에서 사가지고 가는 물건은 옷감, 양말, 고약, 비누, 성냥, 사기그릇, 실, 바늘, 냄비, 씨앗, 편지지, 그리고 유성기관을 하나 사든 사람도 있다. 「신新담바구타령」이란 것이다. 또 포목점에서 샀는지 얻었는지 피륙 감았던 널판때기도 한쪽 짐에 꽂혀 있다. 여기선 두 가지 귀물貴物이 있는데 돌과 나무라 한다. 돌은 사 올 수도 없어 주춧돌을 놓고 집을 세우는 집이 별로 없고 널쪽도 문 패만한 것 하나라도 신경서 사다 쓰는 수밖에 없다는 것이다.

"조선은 벌써 풀이 돋았겠죠?"

"양지짝 산엔 진달래도 폈을걸요?"

이런 것들을 묻는 그들의 눈은 거슴프레해지며 5, 6년 혹은 10 여 년 전에 떠난 고향 산천을 추억하는 모양이다. 젖먹이를 업었던 어머니는 띠를 끌러 안고 젖을 물린다. 이곳 사람들의 떠들어 대는 바람에 눈이 휘둥그렇다가도 젖먹이를 내려다볼 때만은 그의 야윈 볼에도 어설프나마 웃음이 어리었다. 남편은 자리가 없어 그저 짐짝 옆에 서 있었다.

바가지

우리는 한 50분 뒤에 소합릉小合隆이라는 역에서 내리었다. 역에는 총을 맨 순경이 섰다가 보따리를 모조리 끌러 검사를 하고 한 사람씩 내어보낸다. 역사驛舍는 모두 벽돌인데 문들은 하반下半이 철갑鐵甲으로 되어 유사시엔 역 전체를 포대로써 응전할 수 있게 되었다. 역을 나서니 철도관사가 두어 채, 토민土民의 오막살이 주점이 한 채, 그리고는 길이 따로 있으나마나한 벌판이다.

"물덜 먹을 사람은 여기서 아예 먹구 갑시다."
하고 주점으로 들어가 술도 한잔하고 나오는 사람도 있는 눈치다. 가는 길엔 먹을 물도 변변치 않은 모양이다. 보따리를 낀 사람, 진 사람, 아이를 업은 그 어머니, 큰 고무신을 철떡철떡 끌면서 어머니의 처마꼬리에서 떨어지지 않는 소녀, 멜빵을 고쳐가지고 전재산의 보따리를 걸머진 그 가장家長, 나는 그 보따리에 매어달린 바가지쪽을 바라보면서 그들의 뒤를 따라 걷는다.

조선사람은 얼마나 저 바가지와 함께 살고 싶어하나? 바가지로 샘을 푸고 바가지로 쌀을 일고 바가지로 장단을 치고 산모의 첫국

밥도 저 바가지로 먹는다.

어디로 가나 저들은 박넝쿨 엉킨 지붕 밑이 그리울 것이요, 흥부와 놀부가 박 타는 이야기는 순박한 저들의 영원한 진리요, 도덕이요, 즐거움일 것이다. 박이 여물어볼 새 없이 서리가 와버리는 이 북녘 나라에선 고향에서 달고 온 저 몇 쪽의 바가지들이 저들에겐 조상적 기물이요 고토故土를 생각하는 유일의 앨범일 것이다.

걸어도 걸어도 전망이나 변화가 없다. 벽도 흙이요 지붕도 흙인 토민들의 집들이 한둘씩 나타났다가는 지루하게도 안 사라질 뿐, 도야지를 수십 마리를 몰고 나오는 사람, 가족을 말 다섯 필에 끌리는 수레에 태우고 신경 구경을 가는 듯한 사람들을 만났을 뿐, 새도 까치도 별로 볼 수가 없다.

"어디서 떠나오십니까?"

"기장서 옵니다."

바가지 달린 보따리 주인의 대답이다. '기장'이란 경남, 동래 어디 이름이라 한다. 전에 이웃사람이 먼저 와 사는데 농토는 흔하니 들어오라 해서 찾아오는 길이라 한다.

서북편만 향하고 한 시오 리를 걸으니 물밑도 보이지 않는 누런 개울물이 얼음장을 이끌며 흘러간다. 이 개울물이 상류에선 지대가 좀 높기 때문에 우리 이민들이 거기서 봇통을 내어가지고 논을 푼 것이라 한다. 걸터앉을 돌멩이 하나 없기 때문에 길 위에 퍼

더버리고 앉아서 한참씩 쉬어가지고 다시 한 시오 리 걸으니 여기서부터 논이 나오기 시작한다. 논이라야 벼그루가 여간 성기게 박히지 않았다. 정조식正租植도 아니요 논둑들도 아이들이 물장난으로 막아놓았던 것처럼 물러앉았다. 오래간만에 흰 빨래 넌 울타리가 보인다. 노란 잇짚 지붕과 잇짚 낟가리들이 아득한 지평선 위에 드러난다. 보이는 것만으로는 늘어지게 걸어서야 그 마을 앞에 이르른다. 봇도랑이 나온다. 그 유명한 만보산 사건을 일으킨 봇도랑이라 한다.

바닥 넓이는 12, 3척, 위의 넓이는 21, 2척의 전장全長 20여 리의 대간수로大幹水路. 이곳 노동자 쿠울리[苦力]들도 많이 부렸지만 대체로 우리 이민들이 혈한血汗으로 완성된 꽤 대규모의 공사였다.

물 마른 봇도랑 옆에는 여남은 살 된 조선옷의 소녀가 갓난이를 업고 서서 우리를 멀거니 쳐다본다. 금잔디 언덕도 금모새 강변도 소녀에게는 신화와 같은 것이리라.

배는 부른 마을

이 봇도랑의 마을을 지나 또 한참 그냥 걸어야 학교도 있는 큰 마을 '쟝쟈워후'다. 붉은 양철지붕의 한 채가 학교다. 그냥 벌판보다 마을이 도리어 더럽다. 발을 한참씩 골라 디뎌야 하게 군데군데 수렁인데, 도야지가 한 떼씩 몰려다닌다. 집들은 가까이 오니 수수깡 울타리에 묻혀버린다. 맨 수수깡 낟가리요 짚낟가리요 또 그런 검불투성이다. 담뱃불 하나만 떨어져도 온 동리가 타버릴 것 같다. 이 울타리 저 울타리에서 아이들이 나온다. 개도 나오고 닭들은 쫓겨 들어가고, 같이 오던 사람들은 서로 저희 집으로 가 점심을 먹자고 청한다. 중국옷 입은 박씨의 집으로 따라 들어갔다.

이 집도 수수깡 울타리가 바람에 쏴―쏴― 울린다. 마당에 볏짚과 수수깡 낟가리가 산이다. 화목火木이 따로 없으니까 일년내내 곡초穀草를 땐다는 것이다. 한일자 집 가운데로 난 문으로 들어가니 그냥 흙바닥 부엌이다. 양옆으로 방들이 달렸는데 또 그냥 맨땅인 채 들어서니 신 벗을 만한 공지를 두고는 중국식 높은 온돌 '캉'이라는 것이 되어 있다. 갈자리가 깔려 있다.

올라앉으니 창부터 쳐다보인다. 남향으로 미닫이를 가로 붙인 것만한 큰 들창, 벽에는 만주국 지도 한 장, 만선일보로 도배가 되었다. 북편으로는 갈자리를 깔다가 모자랐는데 곡식부대가 그득 쌓여 있다. 들창에 붙은 유리쪽으로 내다보니 키가 길이 넘고 통이 세 아름은 됨직한 수수깡발로 여러 벌 둘러치고 영을 인 깍다우리가 있다. 그것은 깍지가 아니라 광이 없으니까 벼를 그렇게 넣어두고 먹는다는 것이다.

쥐는 먹지 않느냐 하니 먹는대야 몇 푼어치나 먹겠느냐 한다.

그리고 닭도 도야지도 가끔 쑤시고 먹지요 한다. 그들이 낟알에 이만치 관대함만은 잠시 한 끼 손님이지만 과한 폐가 아닐 듯싶어 기쁘다. 배가 고프다. 다리도 아프다. 아무 소리도 들리지 않는다. 창유리에 비치는 것은 하늘뿐, 창을 연대야 여태껏 허덕허덕 헤엄 치듯 해온 희멀건 공간일 따름일 것이다. 커다란 단조單調가 숨이 막히게 짓누른다. 아무것도 물어 보거나, 생각하거나 할 맥이 없 어진다. 그저 입을 떡 벌리고 바보가 되어 누워버렸으면 좋을 환 경이다.

밥상을 보니 정신이 좀 난다. 이밥이다. 현미밥처럼 누르다. 국 은 시래기, 새우가 어쩌다 한 마리씩 나온다. 배추김치가 놓였는 데 고추보다는 고추씨가 더 찬란하다. 그리고는 유기쟁첩에 통고 추가 놓였다. 허옇게 뜬 것, 시커멓게 언 것들을 말렸다가 밥솥에 찐 듯한데, 저것을 어떻게 먹나 하고 주인이 먼저 먹기를 기다렸 더니 먼저 그것을 그냥 간장에 꾹 찍어 먹는 것이다. 나도 하나 씩 씩거리고 먹어보았다. 이 거의 원료 그대로인 세 가지의 반찬만으 로도 나는 재작년 장감腸感 이후로는 처음 달게 먹어보는 구미였 다. 수북수북 떠주는 대로 네 공기나 밥을 먹었다.

"인전 뱃속은 아무걸루든지 채웁니다만……."

밥을 더 먹으라 권하며 이런 말을 하는 주인으로 더불어 식곤 食困에 자꾸 하품이 나고 눕고만 싶은 입을 억지로 다스려가며 나 는 다시 이런 것 저런 것을 묻기 시작한다.

여기 전설傳說

"농장물은 대개 어떤 겁니까?"

"베, 조, 수수, 메밀, 콩, 옥수수, 감자 대개 그런 것들과 채소지요."

"여기 와 지내는 분들은 생활 정도는 평균합니까?"

"꼭 같다곤 할 수가 없습니다. 이 쟈쟈워훈 만보산 사건 일어난 후로 벌써 여러 해 아닙니까. 아마 이민부락으론 기중 자리잡힌 편인가 봅니다. 그러게 시찰단이 오면 흔히 이 동네로 데리고 오더군요."

"이 동넨 다 자작농입니까?"

"자작농은 별로 없습니다. 모두 만인滿人의 땅을 차입해가지고 하니까 결국 소작 셈이죠. 애초에 이 만보산에 들어온 사람들이 돈을 모아가지구 황지차입운동荒地借入運動을 한 겁니다."

"네 자세 좀 말씀해주십시오."

"호胡가란 여기 사람을 구문을 주고 내세워서 장춘 있는 만주인 부호의 땅을 오백 상五百晌(1晌 : 2,000坪)을 차입한 겁니다. 그때 계약 관계는 지금 다 잊었습니다만."

"네."

"그런데 이 근방에 만주인 토민들이 들구일어납니다그려."

"왜요?"

"조선사람이 와 논을 풀어놓으면 저희 밭들이 결단난다구 들구 일어났습니다."

"왜 그 사람네 밭이 결단납니까?"

"오시면서 보셨지만 여긴 벌판이 모두 장판방 같지 않어요? 그러니까 논에서 나오는 물이 빠질 데가 없습니다. 저 가고픈 대로 사방으로 흩어지니까 그 옆에 있는 밭들이야 사실 결단이죠."

"그럼 그 사람네두 밭을 논으로 풀면 좀 좋아요?"

"그 사람넨 수종할 줄 모릅니다. 그러구 무슨 사람들이 이밥을 먹으면 반찬이 따로 들 뿐 아니라 배가 아프답니다그려. 그리구 베농살 지어놓는대야 베를 어디 갖다 팔아야 할지도 모르구요……. 그저 저희 먹을 것을 저희 밭에서 소출시키는 걸 기중 안전하게 생각하니까요."

"반대운동이 어떻게 됐나요?"

"그 사람네들도 사실 우리가 넓이 이십여 척이나 되는 큰 수로를 내니까 단단히 서두르더군요. 여러 백 명이 관청으로 달려갔습니다. 조선 사람 때문에 저희가 못살게 된다니까 관청에선 개간권을 허가해주고도 무책임하게 모른다고 내댑니다그려. 백성들은 조선사람들한테 양식두 안 팔죠, 우물도 못 쓰게 허죠. 그때 생각을 하면……결국 우리도 사생 결단으로 대들 수밖에 없었습니다. 아 갖구 온 양식, 갖구 온 밑천은 다 그 땅 차입하는 운동과 봇도랑에 집어넣어 봇도랑이 거의거의 완성돼가는데, 가라니 어딜 갑니까? 갈 노자도 없고, 가서 농사 준비할 밑천이 있어야죠? 그걸 물어준다고 하더라도 이십 리나 되는 봇도랑을 내게 우리가 피땀을 어떻게 흘렸는데……항차 그저 어디로구 가라구 내냅니다그려. 토민들은 우리가 파논 못도랑을 군데군데서 자꾸 메웁니다그려. 그러면 우린 또 달려가 그들을 죽일 듯이 으르대구 또 파냅니다그려. 말이 우습지만 사생 결단하는 투쟁이더랬습니다. 우린 밤에도 팠습니다. 나중엔 토민들이 다시 관청으로 가 야단을 쳐 결국은 중국 군대가 나와 총을 막 쏘게 됐습니다. 머리 위로 총알이 씽씽 지나가지만 우린 이래 죽으나 저래 죽으나 마찬가지라 그냥 도랑 속에서 흙만 파냈드랬습니다."

하고 주인은 그때 광경이 눈 속에 새로운 듯 땀 없는 이마를 몇 번 문지른다.

산은 높지 않고 물도 맑지 않다山不高水不麗

그러나 그때 그들의 총알에 명중된 사람은 하나도 없다 한다. 멀리서 위협하느라고 탄환이 공중으로만 지나가게 쏘아 그런지 한 사람도 상한 사람은 없었고 몇 청년들이 잡혀가 여러 날 갇히었다가 나왔을 뿐인데 오히려 조선에서 피차에 살상이 생겼다는 것은 여간 유감이 아니라고 한다.

아무튼 군대 출동은 별문제로 하고 만일 그 토민들이 살생을 즐기는 사람들이었다면 그 토민들의 몽둥이에라도 희생자가 없지 못했을 것이라 한다.

나는 이 박씨의 안내로 동리와 학교를 구경하였다. 집들은 호수도 20호 이내거니와 중심이 없이 산재散在 그대로 집 모양은 모두 박씨집 본이다. 모두 수수깡 울타리 안에서 팔짱을 끼고 햇볕을 쏘인다. 파종은 늦고 추수는 이르니까 농한기가 남조선보다는 배나 길다 한다. 양조醸造는 자유로 술이 익으면 서로 청하는 것이 이웃간의 낙이요 개인으로 낙은 채표彩票의 꿈이라 한다. 만주국에서 매월 1회씩 일 원씩에 파는 만원짜리 채표이다. 이 나라에 거주하는 사람으로는 누구나 살 수 있는 것으로 매월 한 사람씩은 두채頭彩가 빠지는 것이요 두채면 일 원 내고 만 원을 타는 것이다. 조선사람으로도 신경서 기름장사하던 노파와 어떤 회사 급사로 있던 소년이 타먹었다는 것이다.

"그거나 빠지면 우리도 다시 한번 고향 산천에 가 살아볼까요! 그렇지 못하면 밤낮 이 꼴이다가 호인들 밭머리에 묻히고 말죠!"

이것이 그들의 유일한 희망이요 또 슬픔이기도 할 것이다.

학교도 역시 '투괴'란 흙벽돌로 올려 쌓아가지고 함석을 잇고 유리창을 박은 것뿐이다. 마루도 없이 흙바닥이다. 일이십 리 주위로 널려 있는 여러 부락으로부터 근 백 명의 아이들이 모인다 한다. 마침 방학중이어서 이 동리 아이들만 7, 8명이 모여서 해진

풋볼을 차고 굴리고 하고 있었다. 애초엔 이민부락들이 연합해가지고 설립 유지한 것인데 인전 만주국서 인수해가지고 그들의 방침하에서 경영되는 것이니까 불원不遠하야 교과서나 교원에 변동이 생길 것이라 한다. 그것보다 오히려 만보산 일대는 수도의 인접지라 국경지대나 마찬가지로 조선인 이민지구가 아니니까 언제 어떤 정리整理를 당할지 추축할 수 없다는 것이다.

오후 세 시 되는 것을 보고 나는 저녁 일곱 시 차를 타러 소합룡을 향해 혼자 '쟝쟈워후'를 떠났다.

나는 내일이나 모레면 산고수려山高秀麗하다 해서 고려란 나라 이름까지 생긴 내 고향 금수강산에 들어서려니 생각하니 황막한 벌판에 남는 저들을 한번 더 돌아볼 염치가 없어졌다.

수굿하고 걸어 아까 그 봇도랑의 마을로 오니 8, 9세 짜리 소년 셋이 수수깡 속과 껍질로 안경을 하나씩 만들어 쓰고 수수깡 속을 궐련처럼 하나씩 물었다 뽑았다 하며 이런 노래를 부르고 노는 것이다.

'유꾸리 천천히 만만디/다바꼬 한대 처우웬바'

나중에 알고 보니 '처우웬바'는 담배를 피우자는 만주 말이었다.

한 시간 뒤에는 잇짚 지붕들도 흰 빨래 울타리들도 다 사라졌다. 맷새 한 마리 날지 않는다. 어린아이처럼 타박거리는 내 발소리뿐, 나는 몇 번이나 발소리를 멈추고 서서 귀를 밝혀보았다. 아무 소리도 오는 데가 없었다.

그 유구悠久함이 바다보다도 오히려 호젓하였다.